積木花園

作—白月系

目次

人物表

花

祝嵩楠　19　大學生，七星館所有者之子，海谷詩社成員
鐘智宸　22　大學生，海谷詩社社長，紈絝子弟
齊安民　20　大學生，海谷詩社副社長，通稱「大哥」
林夢夕　21　大學生，海谷詩社成員，青年詩人
秦言婷　21　大學生，海谷詩社成員，員警的女兒
周倩　23　會計師，海谷詩社前成員，通稱「學姊」
朱小珠　21　大學生，海谷詩社成員，存在感薄弱
莊凱　22　大學生，海谷詩社成員，負責後勤工作
奚以沫　20　大學生，海谷詩社成員，諷刺家
余馥生　21「我」，大學生，海谷詩社成員，記錄者

木

趙書同〔63〕七星館的前任所有者
趙果〔34〕趙書同長女
許遠文〔44〕趙果的丈夫，建築師
趙喬　45　趙書同次女
趙思遠〔25〕趙書同長子
張志傑　22　大學生
陳誠　24　林業局職員
周向宇　32　量販式ＫＴＶ員工
黃陽山　23　建築工人
邱亞聰　38　救護車駕駛員
阿海　??　寫下手記的孩子
謬爾德　??　白越隙的合租人，自稱偵探
白越隙　22　大學生

＊用「〔〕」標注者為享年

手記　積木花園

自從作文得了B的那天起，我就變得討厭去上學了。

那篇作文的題目是《我的夢想》，我在裡面寫道：「我想當『感動中國』人物！」我其實沒有看過《感動中國》這個節目，只是經常聽媽媽提起而已。她說，那是中央電視臺每年播出一次的節目，會評選出上一年全國最偉大的幾個人。能上中央電視臺！光是聽到這一點，我就覺得很了不起了。我把這個想法寫進作文裡，劉老師卻寫下「太抽象」的評語。真搞不懂要怎樣她才能滿意。

剛上小學的時候，劉老師就一遍又一遍地在我們耳朵邊上重複：學校是學習知識的地方，學生只有學到了知識才能成為對社會有用的人，長大報效國家。說完這句話，她還會讓我們在座位上擺好姿勢，然後逐一檢查。左手橫著擺在胸前，右手橫著疊在左手上面。如果需要舉手發言的話，就以手肘為支撐點，讓右手的小臂轉四十五度，變成立起來的姿勢。「舉手」的動作就完成了。

每當擺出這個姿勢的時候，我都會聯想到哥哥給我講過的「鍘美案」，把右手往下落，腦海裡想像著「喀嚓」的聲音。我沒有見過什麼「狗頭鍘」，只是聽了哥哥的描述以後，單純地從家裡的裁紙刀上進行聯想，認定那會是一種凶暴的武器。哥哥講故事的時候，還會哼哼唧唧地念出一段詞來，不過我聽不懂，也不覺得好聽。

但是，如果光是想像這種場面而出了神的話，可能會被劉老師點名。劉老師一旦生氣了，就會把左邊的眼睛瞪得大大的，右邊的眼睛卻是一眨一眨的。爸爸常說「左眼跳財，右眼跳災」，所以我覺得劉老師生氣起來，可能就要有不好的事情發生了。但我又不想告訴她。

有一次，在上課的時候，她突然把粉筆頭從「日照香爐」的「爐」字上挪開。「啪」地朝我丟過來。其實她瞄準的是我身後的晨欣，但她丟得不夠準，砸到了我。即使如此，她也沒有道歉，所以我討厭劉老師。

我不想告訴她「右眼跳災」的祕密，只告訴了家豪這件事。沒想到，家豪聽了之後，反而對我說：「有這回事嗎？」我覺得很不可思議，我本以為每個人都知道劉老師的習慣。我想，難道只有我一個人發現了這個祕密嗎？這讓我感到很高興，我想把這件事告訴更多的人，但是又擔心劉老師知道了會生氣。最後，我還是沒有告訴其他人。

我討厭劉老師，但這不是我討厭上學的原因。討厭劉老師和討厭上學，是互不相干的兩件事情。就好像我也討厭上課時把兩隻手疊在一起的姿勢，坐久了會讓人覺得很不舒服，有種想要跳起來大喊大叫的衝動；但這也和我討厭去上學沒有關係。

話說回來，一開始我以為這種姿勢是非常重要的東西，但二年級開始就沒有什麼人堅持這麼做了。第一個放棄的人一定是勇士，是他讓我們確信，老師們已經不會因為我們把兩隻手舒展開來而大發雷霆了，所以我們也沒什麼可擔心的。不過，如果班裡要上「公開課」，大家就又得重新擺出這個姿勢。每到那個時候，大家都會非常認真地做好這一點，彷佛整個班級正在面對一個共同的敵人，必須團結起來才能打贏這場戰鬥。

我也不喜歡公開課，但只是「不喜歡」而已，並沒有到「討厭」的程度。對我來說。「不喜歡」和「討厭」是完全不一樣的概念，比如眼保健操是「不喜歡」的，早操就是「討厭」的。而且我也並沒有討厭學校裡的每一件事，至少每天中午的點心我是很喜歡的。老師通常會給我們發饅頭，但那種饅頭和媽媽做的饅頭不一樣，裡面會夾著鹹鹹的東西。我覺得那東西很神奇，只是加了那麼一點點，整個饅頭就變得好吃了。

可是家豪不喜歡吃那種饅頭。他總是偷偷把饅頭藏起來，放學之後想辦法丟掉。我覺得很浪費，但又不好意思對他說什麼。他告訴我那個東西是「鹹菜」，我也就一直這麼叫著，可直到不久前我才知道那不是「鹹菜」，而是應該叫「醃菜」。這是哥哥告訴我的，雖然我也不明白它們之間的差別，但比起家豪，哥哥應該是更為可信的。可是「醃」這個字好難寫，我花了點時間才記住。比起學會點心的正確叫法，學會一個生字帶給我的喜悅更大，如此看來，我也不討厭學習。

但我就是不喜歡上學。

我不覺得學習和上學有什麼必然的聯繫，就算是把我送到學校裡去的媽媽，也不會像劉老師那樣，把「學校是學習知識的地方」這樣的話掛在嘴巴邊上。只是學習的話，在哪裡都可以做。就算是上課的時候，我也很少去理會老師說的話。

不管是晚上回家之後需要完成的作業，還是考試時發下來的考卷，只要能夠做出來，就說明我的學習成果是存在的。而且，我的成績並不差勁，雖然我的普通話說得還是不好，但語文考試不會要求我站起來講普通話。我只需要把正確的漢字寫上去就可以了，通常情況下我都能寫對，所以我從來沒有被劉老師批評過。

硬要說的話，我覺得寫作業的過程比上課舒服多了。上課的時候，老師會關注我們的一舉一動，而我也不得不去關注老師的一舉一動。但我對老師的一舉一動並沒有什麼興趣，所以這讓我感到很麻煩。

這種麻煩即使是在下課時間也不會消失，因為除了老師，我的周圍還有好多同學。我也不喜歡和他們玩，只有當有人打架的時候，我才會對大家產生一點兒興趣。這樣的事情每週都會有，通常是浩瀚和晨欣他們惹出來的事情。只要他們不來找我的麻煩，事情就還是比較有趣的。

不過，他們有時候也的確會來找我的麻煩。有一次我被打腫了眼睛，只好告訴家裡人，那是和家豪玩的時候摔傷的。

家豪是一個例外，因為他家就在我家的隔壁，所以在我眼裡，他不是學校裡的同學，而是普通的鄰居。雖然是鄰居，但他從不和我一起上學。在我看來，學校裡的家豪和家裡的家豪，就好像是兩個家豪，彼此之間沒有必然的聯繫。這種感覺很奇妙，而且我依然可以和家裡的家豪若無其事地提起白天發生的事情，儘管和我一起上課的是另一個家豪。

當然，我在學校裡也是會和他說話的，但這對我來說並不是必要的事情。不做這些事情，我一樣可以很好地活下去。這大概也是我對上學的看法。

媽媽也沒有強迫過我去上學。她很愛我，這一點是她自己告訴我的。她和我說話的時候，總是喜歡用「阿海，媽媽愛你，所以……」這樣的句式來開口。她不會像爸爸那樣時而溫柔時而暴躁，臉上的表情總是差不多一樣的。不知道為什麼，我有些害怕那樣的表情。不過這也比姊姊的表情來得好，姊姊總是皺著眉頭，好像只是平常地生活著，就已經有什麼非常不好的事情發生了一樣。

每天早上，媽媽和姊姊都會做好早飯給我吃。早飯的饅頭沒有學校裡的饅頭好吃，但如果沒有進行對比的話，或許我就不會覺得學校的饅頭好吃了。這是哥哥教給我的思考方式。我不是很能理解，但哥哥說的應該是對的吧。哥哥也和我吃一樣的早餐，但他是初中生，而且學校在鎮子外面，需要比我更早起床出門上學。按照媽媽的說法，哥哥是要考高中的。也就是說，家裡最聰明的人應該是哥哥，因為除了他以外，還沒有人能夠去高中念書。

我也幾乎沒見過哥哥苦惱的樣子。不僅如此，他還有好多課本以外的書。他經常借我看畫著恐龍或者太陽系的畫報，靠著這些好玩的畫報，我學會了好多課本裡沒有的東西。不知道為什麼，這些畫報的封面上總是寫著姊姊的名字。

畫著太陽系的畫報裡講的內容最為深刻，還能看到一些就連我也記得的事情，比如楊利偉和「神舟五號」。雖然記憶已經很模糊了，但我還是能隱約想起當時家家戶戶都在關注這件事的熱潮。按照推算，那個時候我只有六歲，還沒有開始上學呢。我已經想像不出自己上學以前是什麼樣子的了，對我來說，現在幾乎已經沒有辦法想像一段不用上學的生活，這是不是說明上學這件事早已侵入我的意識裡了？

我對於宇宙的興趣其實一般，至少不會超過家豪。有一次，我從畫報上看到一種叫作「蟲洞」的東西，能使人進入另一個時空。太空人穿過蟲洞，就會回到過去的時空，一下子變成年輕人。光是想像一下就覺得很神奇，可惜除了想像之外，我也沒有什麼可以做的了。

但是，我和家豪說起這些想法的時候，他卻說並不是那樣，宇宙裡根本不存在什麼能夠連接不同時空的蟲洞，太空人變年輕其實是因為一種叫「相對論」的原理。明明自己也沒有去過宇宙，卻一口咬定蟲洞不存在，真是太武斷了。就算那個什麼相對論是真的，蟲洞也一樣是有可能存在的呀！我難以贊同他的想法，但也不準備說服他。如果和家豪吵起來了，最後我一定會感到後悔的吧。我沒有辦法用蟲洞回到過去，所以一旦做了什麼令自己感到後悔的事情，就無可挽回了。

家豪不僅懂得宇宙，還懂得許多稀奇古怪的東西。他有一個在大城市工作的表叔。從記事起，我們就叫他「表叔」，好像這兩個字就是專門為了形容那個留著一字胡的圓臉叔叔而發明的。表叔只在過年的時候出現，每次他出現之後，家豪的家裡就會多出一些亮閃閃的玩具。畫報裡的恐龍和太空船，在他家都能看見實物。變形金剛和鐵甲小寶的模型，也都只能在他家見到。

最讓我羨慕的還是家豪的積木。那是前一年春節，表叔帶來的。我自己家裡也有積木，三角、圓柱、正方的木頭，都有很多。但我不喜歡它們，一是因為它們能搭建的造型非常少，二是因為它們都是粉色的。儘管不是明亮的粉色，而是灰濛濛的、已經掉色的粉色，我還是不喜歡。我是男孩子，當然不該喜歡粉色了。

家豪的積木則完全不一樣了。正月初三那天，我去他家玩，他「嘩啦啦」一倒，各種顏色的塑膠片就在地板上堆成了小山。我撿起一片來看，發現那上面有一片一片圓形的凸起。我小時候經常吃的藥片，看上去也是這個樣子的，我曾經很喜歡在吃完藥片之後，把那些透明的凸起按下去，或者撕掉背面那些銀閃閃的亮片。

但是家豪拿出的東西則完全不一樣，它按不動，也沒有亮閃閃的部分。他把兩塊塑膠片上下扣合。「啪嗒」一聲，它們就像被黏住一樣分不開了。然後，他告訴興奮的我，這個東西也叫「積木」。跟我認知中的積木完全不一樣，但既然連饅頭都有兩種，那麼積木有許多種也不是什麼稀奇的事情。我很快跟家豪玩了起來。

在說明書的指導下，我們用一個下午的時間，把積木山變成了一艘太空船。那些說明書對我來說太抽象了，但家豪卻能很好地理解其中的意思。飛船的外形和家豪本來就有的太空船模型差不多，還顯得更粗糙一些，畢竟塑膠片都是方形的，飛船自然也顯得方頭方腦的。最後，他還拿出一個穿著太空服的小人，固定在飛船裡面。這下就算徹底完成了。

我們興奮了一陣子。第二天，我興沖沖地去找家豪，問他還想不想玩積木。誰知，他卻一臉疑惑地回答：「昨天不是拼好了嗎？」我進屋一看，飛船正擺在他的書桌上，白色的小人也直挺挺地站在原處。我突然明白了我和家豪的不同：我喜歡把積木組合成各種各樣的東西，但家豪眼裡的積木，只有這一種組合方式。

真可惜。沒有辦法讓積木按我的意願組合，對我來說是一種遺憾。但是，我還是不會因此去反駁家豪的。就像當初關於蟲洞的爭論一樣，我不介意家豪和我有不同的看法。他比起我，更相信唯一確定的答案。對此，我只是覺得很可惜，但依然把他當成最好的朋友。

除了我以外，沒有人知道家豪有那麼多的玩具。他和我一樣，屬於乖孩子，從來不會把那些東西帶到學校去。要是帶去了，他或許會在班上很有人氣的。

雖然「隔壁的家豪」和「在學校的家豪」不是同一個人，但除了他以外，我在學校裡也沒有其他可以談論各種話題的物件。比起什麼蟲洞和太空船，班裡的人對「宇宙」的認知，多半還停留在只知道太陽系的階段。

晨欣就有一張名叫「黑洞」的卡牌。那是從校門對面張伯的雜貨店那裡買來的對戰卡，屬於相當昂貴的玩具，每包卡片裡都放著效果不一的卡牌，要抽到什麼樣的卡牌全靠運氣，而「黑洞」更是其中特別稀有的一張——我對這種對戰卡的理解也就到這裡而已了，畢竟我自己是從來沒有機會，也不會想要去接觸它們的。

有一天，出現了非常非常罕見的情況，所有的老師都由於各種各樣的原因沒法來主持上午的第二節課，班長便宣布我們自習。我之前只是聽說過「自習」這個詞，還沒有實際體驗過，所以覺得有點兒新鮮。但大家對自習的看法好像和我不大一樣，不出十分鐘，教室裡就亂成一鍋粥了。就在我捂著腦袋趴在桌上，不知道該怎麼辦的時候，背上傳來了被硬邦邦的物體戳中的感覺。我回過頭，發現晨欣正捏著自己的2B鉛筆，笑嘻嘻地看著我。

「來玩唄？」

他亮出另一隻手，一逕漂亮的對戰卡出現在那裡。

我如實告訴他我不會玩。他看起來有點意外，也有點生氣。「試一下就會了！我教你！來！」他這樣嚷嚷著。和他同桌的女生正若無其事地看著手中的課本。本來我也應該是那樣的狀態，但如果惹怒了晨欣，不知道會發生什麼事情。

我不情願地伸手接過半遝洗好的對戰卡。晨欣簡單地向我說明了一下規則，出人意料的是，那規則怎麼聽都像是自己編的。用卡片左上角的大數位，減去對方卡片正中央的小數位。他對於對戰卡的理解，或許和我對於宇宙的理解一樣膚淺。

我到最後也沒有對對戰卡產生興趣，但晨欣似乎為找到新的「牌友」而感到興奮了。在那之後，就算是下課時間，他也會主動來找我說話，這在以前是不可能發生的事情。在他的推動下，我們甚至開始在上課的時候打牌。具體的操作方式是由他將自己要使用的卡牌從後桌傳給我，我選擇想出的牌，再傳回給他。

雖然我對對戰卡沒有興趣，但是對待上課的態度本來也差不多，放棄一件沒有興趣的事情，轉而做另一件沒有興趣的事情，這是很平衡的。我告訴自己，如果拒絕了晨欣，可能會招惹來不必要的麻煩。事實上事情可能沒有那麼嚴重，也可能比那還要嚴重。總而言之，我選了最不費腦子的選項。

隨著後背被鉛筆戳弄的次數增加，我對這種遊戲的熟練度也逐漸提升。漸漸地，我也開始厭惡這樣的重複，因為我已經沒有辦法拒絕晨欣的要求了。有時候我甚至希望老師能夠把晨欣從座位上叫起來，沒收他的所有卡片，終止這種無聊的遊戲。

但是，那樣的話老師一定也會一併責罵我的吧。我也不想讓事情變成那樣。我還是認為自己和晨欣不一樣，是被欺負的人與欺負別人的人這樣的區別。如果老師一直站在講臺上觀察我們的話，應該能把這一點區分得很清楚吧？

不過，要是能夠觀察清楚的話，為什麼遲遲沒有阻止我們呢？也許老師們也覺得「多一事不如少一事」吧。會在課堂上扔粉筆頭的只有班主任劉老師，這可能是性格使然。在劉老師的語文課上，晨欣是從來不會用鉛筆戳我後背的。

平心而論，晨欣也沒有特別地欺負過我。他屬於對任何人都會毫不留情地去招惹的人，在這一點上他對待班上的每個人的態度，可以說是一視同仁的。自從成為「牌友」之後，他在我面前的樣子也愈加溫和，有時候甚至會把卡牌和軟糖一起從身後傳給我。這是唯一一件讓我覺得開心的事情，那一瞬間，我也會對他產生好感，覺得他是一個講義氣的傢伙。但為了保留自己「被欺負」的形象，我還是會擺出一副不情願的樣子，好讓講臺上的老師看到，我是被迫與晨欣玩牌的。

這樣的表演真是太無聊了，可是我又不能不做。只要老師還有可能看到我，我就必須這麼做。

爆發的那天終於來了。不知道是誰暗地裡把我們上課打牌的事情告訴了劉老師。我猜想是某個科任老師——自己裝作一副對學生溫柔的樣子，暗地裡卻要陰招！

劉老師捏著我的臉，把我拉進了辦公室。為了保持自己受害者的形象，我擠出眼淚來，在辦公室裡對她大肆控訴了一番晨欣的所作所為。大概因為我的學習成績還好的緣故，她最終沒有對我下達想像中的嚴厲處罰，只是對班級裡的座位進行了調換。

沒有人戳我後背的第二天，放學之後，我在小河邊被晨欣和志東攔下了。那一剎那，我心想「這下完蛋了」，一下子坐在了地上。晨欣的表情非常平靜，如果在以前，我一定會以為他的心情還好。但這段時間的相處已經告訴我，事情並非如此。

在他準備揪住我的衣領之前，我從口袋裡拿出了那張「黑洞」卡牌。這是劉老師沒收他的卡牌之前，我偷偷藏下的。他用食指和中指夾著那張牌，歪了歪腦袋，然後「咻」地往身後一丟。下一秒鐘，落在臉上的拳頭還是如期而至。我跌倒在地上，下意識地翻了個身，用被2B鉛筆戳過無數次的後背抵擋衝擊。同時落在我身上的攻擊不止兩處，恐怕志東這個跟班也出手了吧。

就在我不知道如何是好的時候，耳邊突然響起了熟悉的叫喊聲。緊接著，攻擊的力道突然消失了。我轉身睜開眼睛，看見哥哥握著拳頭站在我和晨欣他們之間。已經坐在地上的晨欣看了我們一眼，眼裡的凶光逐漸消失，又變回了一開始的平靜神色。他拍了拍身上的沙土轉身就走，志東也踉踉蹌蹌地跟著逃走了。哥哥轉身把我扶了起來。我們彼此一句話也沒有說，就這麼回了家。

又過了一天，生活一切照舊。哥哥一次也沒有問起過我那天發生的事情，晨欣在學校裡也沒有主動和我說過話。劉老師在上課的時候連著點了我的名字三次，讓我起來回答問題。我沒有答出第三個問題，她就瞪大了左邊的眼睛，但隨即又恢復了平靜，繼續上課。我想，如果我沒答出的是第一個問題的話，下場恐怕就不一樣了。晨欣就是這樣的反面例子，他也被劉老師點了一次，但劉老師似乎懶得對他發火。

連著一個禮拜，晨欣都沒有對我發難。從他的日常生活來看，也還是和往常一樣，上課做小動作，下課做大動作，看不出和以往有什麼區別。

真正發生了變化的應該是我，我意識到自己已經開始注意晨欣這個人了，無目的的上學好像突然被什麼東西給填滿了；但那不是什麼值得高興的事情，因為填滿我的是一種黏糊糊、令人煩躁的情緒，比起無目的，這樣的感覺更讓我覺得煎熬。

我努力地重複自己以往的行為模式，不讓這種變化表露在外。不過，如果心理的變化可以抑制的話，說不定晨欣現在也是一樣的情況呢。

勞動節快到了，我幫媽媽和姊姊幹了家裡的不少活兒，精力被消耗得差不多了，即使是在學校裡，也只想著早點回家睡覺。

那天傍晚，天上下起了小雨。我準備去班級後面生銹的鐵架子上取自己放在那裡的雨傘回家的時候，晨欣突然現身。這一次，他的身邊沒有志東那樣的跟班了。他把我的雨傘遞給我，但自己的手卻沒有鬆開，依然揪著傘尖不放。大概是讓我跟著他走的意思吧？我不知道他想幹什麼，但可以直接握著傘把朝他的肚子捅下去，然後轉身離去。我不想那麼做。要是那麼做了，之後的日子一定也會和這段時間一樣不爽。

我乖乖跟著晨欣走了出去。一直走到校門外，他才鬆開我的傘，但也只是撐起自己的傘，頭也不回地朝一個方向走去。我也撐著傘跟了上去。我們穿過村子，一直走到了水泥路上。我突然間產生了一種不好的預感，但還是忍不住跟著往前走。眼前的景物沒有一樣是陌生的，我們好像正在撥雲見霧一樣，朝著一個越來越清晰的目標走去。

哥哥就讀的中學出現在我的眼前。我心想，晨欣的目的地一定就是這裡了，由於不知道他打算做什麼，或是已經做了什麼，我的心臟開始劇烈地跳動起來；但他並沒有在校門口停下步伐，而是繼續往前走去。正在我鬆了口氣的時候，他又突然站在了鐵欄杆的邊上。我順著他的視線，朝鐵欄杆裡面看。蓋著半段擋雨棚的塑膠跑道上，三、四個高大的中學生正把一個人按在牆角。

是哥哥。

我差一點兒就喊出了聲，但晨欣先一步用沾著泥巴的手捂住了我的嘴，下一瞬間，我已經被一股強大的力量推到了鐵欄杆前。我的左眼眼眶貼著冰涼的鐵銹，右眼則猛地睜大了。那一瞬間，我想起了劉老師。我總以為「左眼跳財，右眼跳災」，所以認定劉老師生氣的時候會遇上災禍，可直到現在我才注意到，她平時跳動的是右邊的眼睛，對她自己來說應該是左眼才對。原來我一直都搞錯了啊，也難怪家豪會那麼對我說了。明明是在這種情況下，不知為何我腦子裡想著的卻是這樣的事情。

哥哥已經被打趴在地上了。一直在家裡無所不能的哥哥，原來在學校裡也和我一樣受著欺負。晨欣是怎麼知道這件事情的呢？從那以後，他每天都來這裡觀察嗎？還是說，他也有一個在這裡上中學的哥哥？

耳邊彷彿傳來了晨欣的大笑聲。我從來沒有聽過晨欣發出大笑聲，就算是在對戰卡的比賽中取勝了，他也不會大笑。我想仔細地聽一聽這種聲音，但稍微集中精神，就又只能聽到淅淅瀝瀝的雨聲了。難道晨欣沒有在笑嗎？我困惑地想要回頭，卻做不出這個動作來。不過，脖子上的觸感告訴我，晨欣已經不在身後了。

我感到腦袋裡非常的混亂。白色的校服在我眼前晃來晃去，不知怎麼的，又讓我想起了白色的太空服。如果蟲洞真的存在的話，不妨就讓我鑽進去，消失在宇宙裡好了。

我只顧想著這些亂七八糟的事情，後面就什麼都注意不到了。不管是被打趴在地上的哥哥、已經消失的晨欣，還是驟然變大的雨和被風吹散架的雨傘。我已經什麼都感受不到了。

因為淋了雨，我被媽媽罵了一頓。她一邊擦著我的頭髮，一邊在我耳邊重複道：「阿海，媽媽愛你，所以不要讓媽媽擔心……」

爸爸也是需要媽媽擔心的人，因為他還沒有回來，估計又在陳伯伯那裡搓麻將了。姊姊一個人在廚房裡準備著晚飯。哥哥正在裡屋洗澡。

我有些記不清自己是怎麼回到家裡的了，我猜是哥哥把我帶回來的，但我不敢去問他。如果被哥哥知道我看到了什麼，我該如何繼續面對他呢？我被這樣的擔心所困擾著，最後還是選擇裝聾作啞。

哥哥也沒有主動和我說話。我們在尷尬的氛圍裡度過了勞動節假期。據說調休之後的周日是要補課的，但我們學校不知為何從來沒有這種規矩。也就是說，我的假期要比城裡的孩子多出整整一天。以前我會覺得很開心，如今卻只覺得煎熬。我躲在房間裡看畫報，腦子裡不停地想著快點回到學校，好從關於哥哥的思考裡逃出來。然而，回到學校又會見到晨欣。現在的我是腹背受敵了。

好在開學之後，晨欣沒有再來找我了。倒是家豪先一步和我聊起了天。

「你今天帶了什麼？」

我被這個問題弄得有些莫名其妙。他見我這反應，臉上流露出焦急的神色。

「你忘啦？今天有科學課啊。」

完蛋了。這下我想起來了。

每週一都有科學課，開學之初，我曾經對這個安排苦惱不已。一週一次的科學課，對我們來說，就像是饅頭裡的醃菜一樣，是最好吃的部分。如果一開始就把醃菜吃掉了，後面就只能一直嚼饅頭了。我雖然也不討厭饅頭的味道，但還是希望能把更好吃的部分留到後面，而不是一開始就著急地吃掉。

科學老師是個城裡來的年輕人，說話有奇怪的腔調，自我介紹的時候沒有介紹自己姓什麼。他是為數不多用電腦備課的老師，劉老師的辦公室裡就沒有電腦。但是我們經常能看見他在辦公室裡堂而皇之地玩電腦遊戲，紅色的小人在水管之間跳躍，採集金幣和各種顏色的花朵，把敵人踩成肉餅。一旦注意到男生們在窗外圍觀，他就會笑嘻嘻地把窗簾拉上……總而言之，他看上去很閒，根本想不出有什麼理由一定要把他的課安排在週一。

正因如此，四天假之後，上一周的週一給人感覺已經是很久很久以前的事情了。被家豪提醒，我才記起，科學老師讓我們下節課把家裡有關太空的東西帶來。我本打算把那些畫著太陽系的畫報拿來，展現一下自己對宇宙的瞭解呢，沒想到把這件事忘得一乾二淨。我是乖孩子，沒有完成老師布置的作業，就會讓我感到不安，即使是那個非常不靠譜的科學老師布置的作業。

出乎意料的是，當科學老師讓大家拿出準備的物品時，幾乎全班同學都攤開兩手，什麼也沒拿出來。一開始，我以為大家都和我一樣，經過連休後把作業給忘掉了。但一直很聽話的班長，卻帶頭嚷嚷了一句「家裡沒有那種東西」，贏得一片附和聲。坐在第一排的王健，則拿出一本畫著神仙的舊掛曆，說是爺爺讓他帶來的。

原來太空離我們這麼遠。我突然覺得自己此前對宇宙的認識都是些錯覺。確實，估計爸爸媽媽也不知道「太空」這個詞到底是什麼意思吧。除了哥哥和家豪，從來沒有人和我討論過這些事情。

那個家豪，此時卻拿出了一件熟悉的東西。是過年的時候我們兩個一起拼好的積木。和當時一模一樣的太空船，放在木頭課桌上，顯得好大。

就連科學老師看到飛船，也流露出意外的神色。他抓起飛船，向全班同學展示了一通，表揚家豪認真完成了他布置的作業。那一瞬間，我突然有種悵然若失的感覺。下課後，大家一窩蜂圍住了家豪。許多同學請求摸一摸那架飛船。

家豪細著嗓子答應了。我知道那是他緊張的表現，他不擅長和不熟悉的人交流，也不擅長拒絕別人。我覺得好擔心，但又說不出為什麼擔心。是擔心飛船被弄壞嗎？

晨欣也帶著跟班湊了過來。我以為他會一把搶走飛船，沒想到他一反常態地向家豪套起了近乎。「黃家豪，你的飛船真帥！」他這樣稱讚道。平時被晨欣欺負的同學，此時聽到他的肯定，反而都一起附和起來。他們一定覺得強壯的人總是對的。

風暴中心的家豪尷尬地笑著。我被想要做點什麼，又不知道該怎麼做的情緒壓制，呆呆地在遠處坐著，熬過了課間。那之後，家豪突然成了班上的紅人，原先各自玩耍的小團體都開始向他示好。

我不知道家豪如何看待這種轉變。他看上去還是和平時一樣，會在放學後和我聊些亂七八糟的話題。我也還是一樣，在學校和他保持著可有可無的距離。但我總覺得這個距離正在一點點變大。

「明天他們想來我家。」

週五放學的時候，他突然告訴我這件事。我其實已經偷偷聽到了，但沒有作聲。第一個提出去他家參觀模型的似乎是晨欣，志東緊跟著表示支持，形成讓家豪難以拒絕的氣氛。真是可惡！我本想這麼說，但卻發現家豪的臉上掛著淺淺的笑容，似乎並不討厭他們來自己家做客這件事。

他們當然不會提到我。幸好，家豪還是來邀請我了。我不動聲色地答應下來，心裡卻五味雜陳，不知道該怎麼辦好。以前，我從來沒有像現在這樣。我一直覺得家豪應該是和自己一邊的人，既然是一邊的人，就應該一起過著獨來獨往的生活，一起和晨欣這種孩子王敵對才是。我本以為這是理所當然的事情，現在卻變得不一樣了。他竟然搭乘上自己的太空船，要飛到那邊的世界去了。

即使如此，我也沒有可以做的事情。我沒辦法阻止家豪離開，就像我沒辦法把哥哥從那天的操場裡帶出來一樣。

我沒有自己的太空船。

週六那天，我吃過午飯就出了門。離其他人約好的時間還有足足兩個小時，家豪見我來得這麼早，很是吃驚，但他馬上就把我迎了進來。他正一個人在客廳裡看《魔豆傳奇》，一部所有出場角色都是熊貓的動畫片。他的父母週末也要出去工作，這我早就知道了。

家豪知道我不看動畫片。我家裡只有一臺小小的電視，而且媽媽從來不讓我用。「阿海，媽媽愛你，所以你一定要好好學習……」往常想起這種話只會覺得不必太認真，今天卻讓我產生了一種暴躁的情緒。憑什麼總說這種話！如果我也能每天晚上看動畫片的話，現在就不會無話可說了吧。我可以和家豪一起聊天，聊動畫片裡的劇情，聊各自喜歡的角色……但我做不到。不僅做不到，而且等晨欣他們來了，他們就會代替我，來和家豪聊這些話題了。

我丟下沉迷於動畫片的家豪，偷偷溜進他的房間。白色的太空船依然一成不變地擺在那個位置。實在是太浪費了。換成是我的話，明明可以讓這些積木變成更多不同的形狀。

那一瞬間，奇怪的念頭占據了我的腦海。如果把它拿走的話，問題就能解決了。晨欣他們失去了做客的理由，我和家豪的關係就會恢復如初。

我緩緩地拉開了挎包的拉鍊，發出細微的「哧啦」聲。飛船比挎包的開口要大上一圈，沒有辦法塞進去。我狠下心來，用了用力，積木之間連接的地方被輕易地扯開，我們一起拼成的飛船變成了兩半，露出駕駛艙裡的小人。我輕輕將它們全部塞進挎包裡。

再度回到客廳時，家豪還在目不轉睛地盯著那些卡通熊貓。以他的條件，明明可以拜託家人帶他進城，去看真的熊貓的，為什麼非得在電視上看呢？我大踏步朝門外走去，他也無動於衷。我們之間的關係本來一直是這樣的，誰也不去干涉另一個人的行動，但這份關係就在剛才被我親手打破了。

離開家豪的家，我低著頭，朝著晨欣他們家的相反方向，不顧一切地快步走。把注意力集中在雙腿上，就不用一直去思考接下來該怎麼辦了。仔細一想，任誰都能看出飛船是我拿走的，除非再也見不到家豪，否則做這種事情很快就會暴露。但是，就算此時馬上掉頭回去，家豪也可能已經發現飛船不見了。我已經沒有退路了，只能放空大腦，就這樣拚命走著。

就這樣，我離開村鎮，穿過土路，一頭鑽進了山林裡。不知走了多久，天色也從明亮的藍色，逐漸變成深藍，最後是傍晚的暗紫色，飄浮的雲朵像一條白色的大蛇一樣從我的頭頂穿過。我感到鬱悶極了，找了塊空曠的地方坐下。

拉開挎包，裡面放著變成兩半的積木飛船，還有我的水壺、作業本和圓珠筆。出門之前，哥哥幫我往裡面加滿了開水。一想到我現在可能讓他們擔心了，我就覺得很難過。

「咕嘟咕嘟」喝下半瓶水之後，我的視線重新落到了變成兩半的飛船上。都是因為這個東西！得到了想要的積木，我的心情卻非常複雜。我開始隨心所欲地拆卸積木片，不一會兒，飛船就已經沒有原來的樣子了。

接下來該做什麼呢？我決定先像玩粉色積木一樣，搭一間房子的形狀。但是，這種積木和木頭積木不一樣，一切都必須得建立在地基上才行。於是，我把本該是飛船外殼的東西一片一片地擺在一起，再用小塊的積木拼在它們的交界處，形成一大片白色積木板。雖然看上去不平整，但也算是做成了。

接著，我開始尋找適合支撐房屋的柱子。幾個圓柱形的零件首先吸引了我的注意力。但拿起來仔細一看，卻發現那是太空船側面那幾個像導彈一樣的東西。我還記得在畫報上，這些東西是負責噴火的。我把導彈形狀的積木倒過來，插在積木板上。下面尖，中間是圓柱形，最上面則呈放射狀打開，看上去就像一朵白色的花。看著這朵導彈變成的花，我心裡一動，不如就做個花園出來吧。做個和這艘剛冷的太空船最不相稱的花園出來。

於是，我把變成白花的導彈一株一株地倒插上去。插完之後，又用飛船的外殼做枝幹，紅色的探照燈做花瓣，搭了幾株紅花。還缺什麼呢……既然是花園，就不能沒有水吧。但是在積木零件中找不到藍色的部件，除了黑、白、灰，以及紅色的探照燈外，剩下的就只有黃色部件了。我用黃色而細長的積木板，在白花和紅花之間的空隙裡穿行，組成一條黃色的小溪。用直角拐彎的小溪，看上去就像一道閃電，充滿能量。有了這麼強的能量，植物一定會長得很快。

接下來，我把只剩一小部分的船艙，和其他零件堆疊起來，在角落形成一間小屋。還剩下一些灰色和白色的小塊零件，我把它們安插在花朵之間，就當成是兔子之類的小動物。最後該把小人放進去了。

我拿起小人，它的太空服上寫著一個L開頭的單詞，也許是積木的商標吧。鼓鼓囊囊的白色太空服，倒也可以看成是花匠的服裝，但航太頭盔就完全不適合它了。透過頭盔，可以看見小人帶著幾分英氣的雙眼和有些奇特的眉毛。這張臉被遮起來太可惜了，我試著把它的頭盔拔下來，沒想到一下子把小人的頭也拔出來了。一開始我還以為小人被我搞壞了，嚇了一大跳；但冷靜下來仔細一看，它的身體部分伸出了一根長長的棍子，像脖子一樣，頭則是中空的，剛好可以插入那根棍子。看樣子本來就是做成可以拆卸頭部的設計。人類也可以更換自己的頭顱嗎？總覺得有點不舒服。

我正準備把頭插回去，屁股底下突然傳來一股陌生的觸感。我嚇了一跳，猛地從地上跳了起來。原本我坐著的平地，不知什麼時候多出了一小塊四方形的石頭。我盯著那塊多出來的石頭看了一會兒，試著用腳踩了一下。石頭很堅固，紋絲不動。剛才坐下的時候，我清楚地記得這裡是塊平地，沒有石頭的。

我下意識地後退了幾步，突然腳後跟絆了一下，整個人坐在了地上。所幸剛搭好的積木被我及時護在了懷裡。低頭一看，絆倒我的竟然是另一塊四方形的石頭。石頭居然自己長出來了。我轉身跑了幾步，面前突然開出了一叢漂亮的紅花。我撥開草叢，發現地上還有許多紅花，我跑到哪裡，它們就開到哪裡。在花朵之間，四方形的石頭有規律地鑲嵌著，就像拼接這片土地的地基。

我對照著手裡的花園看了看，突然明白了。那些四方形的石頭，和我為花園搭建「地基」時連接地面用的小塊積木，所處的位置一模一樣；而剛剛開出的紅花，和我用飛船外殼與探照燈搭建的紅花也十分相似。原來做出這些石頭和花的人是我。我想起了

「神筆馬良」的故事——馬良得到了一支神筆，畫出來的東西都會變成真的……看樣子，這套積木是和神筆差不多的東西，用它造出的物品也會變成真的。

為什麼家豪沒有發現呢？一定是因為他太迷信科學了。每次跟他提出什麼想法，他都要用現成的理論來解釋。就算神仙送他一支神筆，也會被他當成騙子吧。我突然感到很慶倖，還好我拿走了積木，不然，這麼神奇的道具就要被埋沒了。

正想著，身後傳來了清脆的流水聲。回頭一看，剛才還是荒地的地面上，出現了一條小溪，和積木裡的小溪一模一樣。可惜的是，它的顏色就像玉米一樣黃。拼接積木的時候沒什麼實感，但真的在現實中看到的時候，又覺得黃色還是太醜了，給人一種有毒的感覺。我想了想，伸手拔掉了組成小溪的黃色積木，插在那間小房子上。再低頭，流過我腳下的溪水逐漸變細，很快乾涸了。我本打算從小房子上拆下白色的積木，做一條新的小溪，但轉念一想，純白色的溪水看起來也叫人不舒服。還是算了吧。

腳邊突然傳來毛茸茸的觸感，有什麼小動物撞到了我的腿上。是兔子嗎？我興奮地彎下腰，卻發現那是一隻毛色灰白的老鼠，和平時在學校後面能抓到的鼠類沒什麼兩樣。的確，畢竟我只是點綴了幾塊小小的積木塊來代表小動物，具體要解釋成兔子還是老鼠，似乎都說得通。但兔子總是更受歡迎的。我自己是不害怕老鼠，但如果想造一座花園的話，還是希望多添加一些受人歡迎的元素。

那隻老鼠似乎非常親近我，在我的腳邊蹦蹦跳跳的，即使伸手撫摸也不會逃跑。平時見到的老鼠可不是這樣的，應該是因為這是我自己創造出的生命吧！這麼一想，突然有種神聖的感覺。本想像對待黃色的小溪一樣拆掉重做，這下又捨不得了。

「你的同伴呢？」

我試著和老鼠說話，它眨巴著眼睛，腮幫子突然鼓了起來，發出一陣沉悶的聲音，聽上去就像老牛發出的哞哞聲。一定是因為我創造它的時候沒有拿捏好，唉，果然還是應該拼出具體的動物形象更好些。

我拍了拍老鼠的後背，它立刻理解了我的意思，躥進草叢裡去了。在它跑過的方向，又有兩三隻老鼠冒了出來。它們聚在一起，拱出了一塊白色的東西。我湊上去，才發現那竟然是一塊饅頭。為什麼山裡會有饅頭？對了，可能是白色的積木被當成了饅頭。我又仔細地找了找，果然和老鼠一樣，饅頭也在草叢裡散落了好幾塊，不知道是什麼時候長出來的。

肚子不爭氣地叫了起來，差不多到吃飯的時候了。不知道這些饅頭能不能吃。既然有這套神奇的積木，應該可以做些更好吃的東西才是。可是，我不會做飯，也想不出什麼像樣的美食。即使想到了，要用積木拼出來也很難，等下又被誤解成老鼠就不好了。對了，既然是花園，那就做點可以直接吃的水果吧。我拆掉組成紅花的探照燈，拼湊在一起，想像那是一個蘋果，再放回積木板上。

等了一會兒，彷彿聽見草叢裡傳來窸窸窣窣的聲音。長出來的是一個怪異的紅色塊狀物體，顏色鮮紅，不像是蘋果。我試著把它撿起來，咬了一小口。一股塑膠味在嘴裡蔓延開來，太難吃了。我一把將剩下的塑膠蘋果扔了出去。奇怪的是，這下肚子好像又不餓了。

我逐漸掌握積木的使用方法了。回去以後，向大家好好展示一下吧。可是，我現在還能回去嗎?家豪不知道會用什麼樣的眼光看待我。不管怎麼說，我都做了會讓他生氣的事，就算因此挨罵也沒有什麼可以辯解的。我一直都不擅長取得別人的原諒，之前用「黑洞」的卡牌向晨欣道歉也失敗了。雖然我並不是很想向晨欣道歉。

可以的話，我現在最想向哥哥道歉。我想為這段時間疏遠他道歉，也想為今天偷偷跑出門道歉。因為是哥哥，所以哪怕不說「對不起」，他也能原諒我。就因為這樣，我一直沒有向他好好地道一次歉。

我又一次伸手，從積木小屋的牆壁上拆下一塊零件，安在代表老鼠的灰色積木邊上。正方形的黑色積木，看上去就像一個小木盒。我對著積木默念：在這個木盒裡，有能讓別人原諒我的東西。提出這麼模糊的要求，恐怕根本沒辦法實現吧，但我能想到的就只有這樣了。

木盒沒有長出來。太陽馬上就要下山了，周圍的景色也越來越暗。我不想回家。積木搭成的小屋已經被我拆得破破爛爛的了。劉老師曾經說過，人類不能為了建造自己的房子，而隨意砍掉地球上的樹木；然而，我今天做的卻是相反的事情，不停地拆掉自己的房子，去製造大自然裡的東西。我不想成為破壞自然的人，但我也不想沒地方住。這可怎麼辦呢？

對了，讓園丁幫我帶路吧。我拿出代表園丁的小人，它脖子以上的部分依然是一根長長的棍狀物體。頭呢？我摸了摸口袋，找不到小人的頭了。是弄丟在地上了嗎？那麼小的頭，混在泥土地上，光線又暗，根本找不到。我踢了腳邊的老鼠們一腳，它們又發出「哞——」的聲音，不情願地立起上半身，在我面前列成一排。

「快去幫我找頭。」

我下達命令，它們就四散開去了。都說老鼠具有夜視能力，不知道我拼的這些老鼠能不能在黑暗中看清東西。我覺得累了，索性原地躺下。各種顏色的花迅速長大，沒有塑膠質感，而是像柔軟的墊子一樣托著我，把我包圍在其中，比家裡的木板床還要舒服。但是，我卻沒有產生睡意。我覺得自己似乎變成了積木世界的王，每個細胞都沉浸在快樂與激動之中，就連家豪和哥哥的問題也不想考慮了。太陽還沒有下山，我的眼前已經浮現出浩瀚的星空。我想，等到決定回家的時候，就重新把花園拼回太空船的形狀。什麼時候才會想回家呢？大概是很久很久以後了。

「哞……」

耳邊又傳來了老鼠的叫聲，我已經逐漸習慣了。但是，這次的叫聲和之前似乎有些不一樣，聽起來更加沉重、吃力。我扭過頭去，只見五隻圍成一圈的老鼠，正努力拖著一個黑色的球體。細細的毛髮，看上去很像是人類的頭。可是，我讓它們去找的可不是那麼大的頭。接著，那個頭滾了一圈，正臉對著我。原來是家豪的頭。他用一臉無奈的表情看著我，嘴巴微微張開，黑色的液體從裡面流了出來。那些液體彙聚成方形，變成一張卡片的形狀。其中一隻老鼠將卡片從他的嘴裡拔了出來。我看清楚了，那是晨欣的「黑洞」卡牌。

剎那間，我想起來了，我剛才造了個黑色的木盒，希望那裡面有「能讓別人原諒我的東西」。可是，那個東西竟然是「黑洞」卡牌。我明明已經把它還給晨欣了，晨欣也沒有原諒我。再說，我也沒有那麼想要晨欣的原諒。為什麼家豪的頭會把「黑洞」卡牌送給我？難道，我已經得不到他們的原諒了嗎？

我嚇了一大跳，緊接著，一聲清脆的響聲從腳下傳來。一直拿在手裡的積木，被我一不小心摔在了地上，變成了好幾部分。它發出了刺眼的紫色光芒，把周圍照得亮如白晝。連接地基的積木片被摔開了，代表老鼠的小點也都掉了出來。老鼠發出尖厲的聲音，瞬間化成氣體消失了。再仔細看時，被它們運過來的家豪的人頭，也變成了白色的饅頭。

我急忙想去撿回積木，但失去了地基，我站立的地方也就變成了一片虛空。危急時刻，那張「黑洞」卡牌突然從地上跳起來，卡面擴散開來，變得巨大無邊，將我整個人吸了進去。

那之後，我就失去了意識。

再次醒來的時候，我發現我躺在陌生的床上。映入眼簾的是一張方臉，一個強壯的男人正站在床邊看著我。他穿著白色的衣服，看上去很高，眉毛幾乎連成一片。那四四方方的腦袋，讓我想起那位扮演太空人的塑膠小人。

對了，我的積木呢？我急忙從床上坐起來。這是個非常狹小的房間，除了一張床、一套桌椅外，幾乎看不到別的東西。不過，床和桌椅看上去都很高級，以前我只在圖片上見過這種床頭刻著浮雕的床。

我的包也不在視野範圍內。我摸了摸口袋，沒有找到任何積木，倒是有一張硬硬的薄片。抽出來一看，果然是「黑洞」卡牌。之前遇到的一切不是夢。但是，我的積木哪去了？

「您好，請問您看到我的積木了嗎？」

我用所能想到的最禮貌的方式向那個方臉男人發問。他皺起眉頭看著我，用力地擺了擺手，與其說是不知道，更像是完全沒辦法理解我的問題。緊接著，他不知從哪裡變戲法似的掏出一杯水和幾塊紅紅的、形狀就像積木塊一樣方方正正的東西，遞給我。我仔細一看，原來紅紅的東西是肉。和那個男人一樣，這裡的食物也是積木的形狀。

現在可不是悠閒吃東西的時候……話是這麼說，我的饑餓感還是被不由自主地喚醒了。我接過了男人的食物，簡單吃了一些。吃完之後，我想從床上站起來，卻突然感到一陣劇痛。拉開被子一看，我的腿上有一道觸目驚心的傷口。

男人似乎早就預料到了我的反應，聳了聳肩，收走水杯就出去了。在我看不見的角度，傳來了沉悶的關門聲。整個過程中，他沒有說一個字。

我重新審視這個房間。簡陋，規整，就像積木搭成的小屋。桌椅後面似乎有一扇窗戶，但白色的窗簾拉上了，沒有辦法觀察外面。我想拉開窗簾，但怎麼也夠不著。

不知道男人什麼時候會回來。如果他是太空人小人的化身，應該要聽命於我才對。可是，我把他的頭給弄丟了，他會不會因此怨恨我呢？不過，現在他的頭還好好地在脖子上呢。

腿暫時動不了，也只能先這樣休息了。我躺在床上沒日沒夜地睡著覺。太空人時不時進來看看我的情況，順便送點吃的。我試圖跟他說話，我告訴他我叫黃陽海，在哪個學校，讀幾年級，家住哪裡……但他總是沒有任何反應，以至於我開始懷疑，他是不是真的聽不懂我說話。當時，我沒能摘下小人的頭盔，所以還不知道小人有沒有耳朵，但它的嘴巴確實是張不開的。這麼一想，太空人不會說話也情有可原。

他還在床頭放了一個盆，似乎是想讓我用這個當廁所。但我吃得很少，也不常用盆。雖然覺得身體越來越虛弱，腿上的傷痛卻在快速減輕。不，應該是我正在努力把注意力從傷痛上轉移開來。

不知道是第五次還是第六次睡醒之後，我覺得自己已經可以下地走路了。趁太空人不在，我努力爬下了床。雙腳踩在地板上，給我帶來了鑽心般的刺痛，但這股痛楚很快就被興奮沖散了。因為我發現，在我之前看不到的視角，桌子後面，原來就放著我的挎包！

我忍住疼痛，衝向挎包。積木還在。不僅是積木，水壺和其他東西也都還在。但是，積木已經碎成了很多塊，許多部件已經看不出樣子了。白花、紅花和老鼠都沒有了，只剩下小屋還勉強維持著形狀。

即使如此，只要取回積木，我就能離開這裡了。把積木拼回太空船，就能用它去任何地方了。我不想回去，因為哥哥、家豪和晨欣都還沒有原諒我。索性坐著太空船，到宇宙裡去好了。一想到能夠親眼見到畫報上的那些行星，我還有點激動。

我把積木小屋「匡匡」拆成了碎片。比較光滑的幾塊積木，能夠明顯看出是飛船外殼的部分。接下來怎麼拼呢？我突然僵住了。當初製作飛船的時候，都是家豪負責解讀說明書的。我雖然能自己搭建想要的東西，卻不會還原設計好的形狀。我沒辦法把飛船還原成本來的樣子了！

窗外傳來了巨大的響聲。果然，我現在所處的地方就是積木小屋。因為我把積木拆掉了，小屋馬上也要消失不見了。不管怎麼說，先從這裡出去吧。我拉開窗簾，窗外是一片平整的土地，我看見太空人踉踉蹌蹌地走在路上。他看上去比之前要矮了一點兒，仔細一看，原來是他的頭沒有了。沒有了頭，就沒有眼睛了，難怪他走起路來是那個樣子的。一定是因為我之前拔掉了小人的頭，所以他的頭也不見了。

這麼說，他現在也看不見我了。我放心地推開窗戶翻了出去。因為腿受傷了，我的動作不大穩，頭朝下摔到了地上。但是，地面柔軟得像一塊大麵團，很好地承載了我的體重。我像剛剛下鍋的春捲一樣，不停地朝前滾著，只覺得天旋地轉，漸漸又失去了知覺。

再次睜開眼睛的時候，場景似乎又變化了。時間似乎是晚上，周圍一片漆黑，隱隱能看見白色的星星。小屋就像突然出現時那樣，又突然消失了。黑暗之中，我看見一個男人和一個女人站在我兩側注視著我。有那麼一瞬間，我希望那是爸爸和媽媽，但兩個人的長相我都不認識。他們的臉上帶著慈祥的笑容，但不論我問他們什麼問題，他們都和太空人一樣，一言不發，只是微笑地注視著我，甚至讓我感到有些害怕了。也許，他們是接我去天國的天使……難道我已經死了嗎？

積木呢？我立刻開始尋找積木。挎包掉在離我兩三米遠的地方，我想伸手去夠，卻發現身體動彈不得。我的目光朝下偏移，這才發現我的身體不見了，脖子以下的部分什麼也沒有，只剩一個孤零零的頭。這可怎麼辦呢？沒有身體，就沒辦法夠到積木了。對了，用「黑洞」卡牌吧，如果能夠穿越黑洞，就能把遠處的物體傳送過來……可是，那張卡片被我放在口袋裡了，現在身體都找不到了，更不要說口袋了。

我什麼辦法也想不出來了。早知道會變成這樣，就不該隨便擺弄這套積木。也許哥哥會過來救我吧。他會把我的頭抱起來，拍掉臉上的塵土，帶著我一起去找我的身體，就像那天下午，他從晨欣手下把我救出來那樣。這一刻，我才意識到為什麼我會疏遠哥哥。看見哥哥被欺負的一面，我產生了恐懼，我擔心那個最強大的哥哥變得弱小，最值得依靠的哥哥變得脆弱。

但是，即使脆弱，他也是我的哥哥呀。我不該那麼自私，為了維護他在自己心中的形象，就去疏遠他。即使不夠強大，我也可以依靠哥哥，哥哥也可以依靠我……

「黑洞」的卡牌，大概就是想提醒我去想起那天下午發生的事吧。即使丟開，也還會回到身邊，因為我們兄弟之間就是存在著這樣的引力。所以，哥哥一定會來找我的。到了那時，我要把這些心裡話，全都原原本本地告訴他。

他一定會原諒我的。

我開始等待。

一　朽木

等了半天，紅燈終於變綠了。浩浩蕩蕩的摩托車大軍像被摩西分開的海水一樣，停在馬路兩側。

摩托車真是世界上最煩人的交通工具。被噴了一臉灰之後，白越隙在心裡這樣想。聲音大，尾氣多，哪點都比不上電動車。明明體形不大，卻要發出很大的聲音，在行人面前虛張聲勢，把人嚇得一驚一乍。每到節假日，它們更是成群結隊地出現，仿佛不良團體的巡遊。

他認為禁止摩托車上路是城市規劃的重要一步。可是，自己出生的家鄉眼下依然在城市化的道路上蹣跚前行，所以當他回鄉省親的時候，仍舊不得不面對漫天飛舞的塵埃。

好在，口罩在一定程度上解救了白越隙的呼吸系統。儘管是醫用口罩，但多少也能擋一下灰塵。疫情已經橫行了超過半年，年初跑遍全城也一「罩」難求的局面已經一去不復返，現在上網購買藍色的一次性醫用口罩，平均每個只需要兩毛錢。白越隙想起寒假期間，某個高中同學在朋友圈裡沾沾自喜地發言：「今天又代購了兩箱美國的！」他想重溫一下那段發言，卻發現對方已經將三天以前的朋友圈設置成了不可見。如今其個人主頁呈現出拒人於千里之外的空白，看上去比戴著口罩的臉還要冰冷。

他離開嘈雜的十字路口，走向公園。空氣突然變得清新了，他把口罩撥到下巴的位置，將鼻子解放出來，貪婪地吸取氧氣。午後暖暖的陽光灑在後頸上，讓人感覺自己變成了貓。幾個月前被颱風刮倒的樹早已被清除出木棧道，現在剩下一個個凹陷的土坑。不少遛狗和帶孫子的老人，三三兩兩地結伴而行，用方言聊著天。

這是種熟悉又陌生的感覺。據說所謂故鄉，就是每次回去的時候都和以前不一樣，但依然能讓你覺得親切的地方。在大部分時間裡，白越隙是不喜歡故鄉的。高考時，他努力考到更為發達的鄰市，還希望進一步往上，研究生到北上廣去念。大城市也沒有辜負他，不論是專業領域內像鈾礦一樣高品質的資源，還是娛樂方面的聲色犬馬，都比故鄉好太多。

所以他不願承認，自己走在修繕一新的市公園裡，還是會覺得有些懷念。

忽然，眼角閃過了一個有點熟悉的身影。因為沒有戴眼鏡出門，等意識到對方是誰的時候，那人已經近在眼前了。他慌張地想要躲閃，但還是聽到對方叫出了自己的本名。

「怎麼，你回來啦！」

他不禁感到懊惱，要是沒把口罩拉下來就好了。他覺得，自己的本名就像刑具一樣，總會將他束縛在原地。

「嗯，啊，是啊……」
他倉促地應對著。
「國慶回來？聽說你爸媽不是也搬出去了嘛？」
「家裡老人還在這兒，就回來看看。爸媽正在陪著呢，我出來轉轉。」
「這樣啊。」張志傑撓了撓後腦勺，標誌性的黑框眼鏡在太陽下有些反光。「我也剛回來，前天剛到。最近出個門不方便，我還以為我這種情況不多呢。」
「省內的，跟你不一樣，我們不嚴。」
「我這兒也不嚴的，都是走個程序。都半年多了嘛，哪能一直緊繃著神經。不過導員事兒多，每天都要線上報體溫。」
「我們也要報體溫的，我就複製同一個數字。誰會每天量呢。」
「你這人就是不守規矩。」
「總比你這口罩都不戴就出門的人好吧。」
「走兩步路而已，你也知道我家就在公園邊上嘛！」
說完，兩人同時沉默了幾秒。
「去吃點東西？」
「行。」
白越隙其實不想說「行」，但又不知道回答什麼更合適。畢竟一開始已經失口說了

「出來轉轉」，暴露出自己不忙了。和張志傑這位老同學相處本身並不令人厭煩，但走在一起，多少會讓他覺得有些抬不起頭。究其原因，不過是高考時的那十幾分差距罷了。他自己也覺得矛盾，平日裡自稱「不喜歡用簡單的標籤定義別人」，實際上還是會用數字定義自己。

「最近怎麼樣？」

這是張志傑坐下以後的第一句話。

「沒怎麼樣，就混日子唄。」

「讀研還是找工作？」

「沒想好。」

「都十月啦，沒想好？」

其實想好了。考研就能多混一段日子，繼續住在謬爾德那裡寫小說，總之不用操心未來。就好像牙疼時吃的止痛藥，明知道早晚難逃強制性的治療，還是忍不住會想辦法拖延那一天的到來。但是，自己未必能考上。就先推說不知，免得事後「落氣」。

「我還以為你會去當作家呢。」

張志傑沒有深究，立刻拋出了一個更嚴酷的話題。

「之前看你朋友圈，是不是出書了？」

「勉強算是吧。」

「筆名是什麼？」
「白越隙。」
「哪幾個字啊？」
白越隙慢吞吞地拿出手機，展示給對方看。
「挺有文化的嘛。」
雖然考了好大學，但到底是理工男——一瞬間，白越隙在心裡如此嘲笑對方。他覺得「有文化」是最沒有文化的誇法。
「寫的是什麼，還是偵探小說嗎？」
「嗯，差不多吧。」
還是有點差別的。與其說是創作，不如說是單純地把自己和謬爾德經歷的事情記錄下來，但白越隙不想深入探討這個話題。
「那不是挺好的嘛，以後就吃這個飯吧！」
「靠這個吃不飽啦。」
雙方說的都是心裡話。
白越隙回想起上一本書出版時的情形。以交出命名權為代價，謬爾德把《霧與島》推薦給了熟悉的編輯，總算是通過了選題，結果聽說連首印都沒能賣光。靠這本書讓謬爾德身敗名裂的計畫徹底破產了。不過，推薦的書讓出版社虧了一筆，某種意義上來說也是身敗名裂。儘管白越隙很清楚，這種勝利根本不是自己想要的。

——「還不都是你起的破名字，不知道的人還以為是意識流小說呢，活該賣不出去。」

——「你不該對某種文學形式抱有過度的偏見，而且，自己的失敗可不能遷怒於別人呀，作者先生。要是沒有我，這本書可未必能出版哦。不對，可能根本就不會有這本書吧。」

——「你這話就像在說，如果恐龍沒有滅絕，人類就不會出現一樣。這種間接性的溯源根本沒有意義。再說了，就算不靠你，我自己去投稿，也許也能出的。」

——「是嗎?就算你把我的出場安排在第一行，也不是每個編輯都有能力欣賞這種美，願意被吸引著往下看的。」

——「你也知道自己不符合大眾審美啊。」

總之，兩人之間有過這樣的拌嘴。類似的橋段基本上是每天都會有的，但這件事尤其讓白越隙來氣。他不覺得自己離不開謬爾德。

說話間，店員把兩份四果湯端了上來。厚厚的冰沙覆蓋在五顏六色的配料上。

「南方就是這點好，不冷。我們那邊現在就盼著通暖氣了。」

張志傑無意識地宣揚著自己所處的領域有何不同。隨後，他埋頭喝起糖水來。

「就是這個味道，在其他地方都買不到啊。難得這家店這麼多年還開著!」

「是啊。」白越隙也用一次性塑膠勺撈起一塊鳳梨，放進嘴裡，心裡想著如何快速轉移一個更舒服的話題。「這附近真的變了很多，還好這家店還在。」
「小時候你還在這裡搞丟過五十塊錢呢。」
「那不是在這兒吧。我記得是在廟那邊丟的。」
「啊啊，好像是。好久沒去那兒了。」
「你還不知道嗎。那裡今年拆了，現在還圍著呢。」
「拆啦？」張志傑瞪著眼。「真可惜……真可惜。拆了要做什麼用？」
「不知道。」
「真可惜。」
張志傑重複著這句話。
「是很可惜，但也是沒辦法的事情。這都是城市化建設的需要。」白越隙想起不久前朝他噴尾氣的摩托車。「說到底，老了的建築物就是朽木了。除掉朽木，對整片土地都是好事。」
「不愧是作家啊，真是有……有文化。」張志傑笑了笑。「不過，我還是覺得有點可惜。說是城市化，但那麼一小塊地能幹什麼呢？我之前和我媽開玩笑說，等找到了工作，就馬上把她接到首都去，但她拒絕了，說是小地方待著舒服。可等到廟都被改造了，她會不會也覺得這兒不舒服了？我有點放心不下啊。」

他歪著腦袋，似乎是覺得白越隙肯定不會回答這個問題，最後自己搖了搖頭，繼續吸糖水。

「對了，說到拆，有個事情我想告訴你這位偵探小說家。」

「嗯？」

「我家的老房子今年也拆了。」

「強拆的嗎？我可不敢寫這麼社會派的動機。」

「不是，不是，哪兒跟哪兒啊。是合法徵地，拿了不少補償呢。當初我外婆不願意，也沒馬上動土，然後，唔，你也知道，年初的時候她去世了……所以事情就敲定下來了。前兩個月，清理完雜物，就拆掉了。可是這兩天，我閒著沒事，去翻那些雜物的時候，翻出了一個有點奇怪的東西。」

「奇怪的東西？」

「奇怪的筆記本。啊，不是電腦啊，就是寫字的那種本子。」

「我猜得出，奇怪在哪兒呢？」

「怎麼說呢……是一篇小孩子寫的，類似日記一樣的東西，字跡歪歪扭扭的，雖然一直在用成熟的口吻說話，但還是有不少錯別字。主要是，那裡面寫的事情有點詭異。」

「聽上去像驚悚電影。詭異在哪裡呢？」

白越隙產生了興趣。

「我也說不清楚。一開始很寫實，後面又好像變成了小孩子的幻想。但如果說那是幻想，似乎又有點太不美好了……」

「這不是你家裡的東西嗎？你問問寫的人不就知道是怎麼回事了。」

「不知道那是誰寫的呀。我們家根本沒有小孩子住老房，之前都是我外婆一個人住的。要說上一次有小孩子住，那大概就是我媽小時候那會兒吧。但那都是幾十年前的事了。那個本子看上去也就是咱們讀小學那會兒的款式，不過非常舊，都發黃了，至少放了十年吧，但應該也不會更老了。」

「那會不會是你這輩的人寫的？」

「我這輩除了我，只有一個表弟，跟著我小姑住在日本呢。絕對不可能是他。當然更不可能是我自己了。」

「行吧。那你說他的幻想不美好，具體是什麼樣的呢？」

「唉，我真說不清楚。要不這樣吧，我把本子拿給你看看。你住到幾號？」

「嗯……這一兩天……」

白越隙猶豫了一下。其實他預計要住到假期的倒數第二天，但如果讓張志傑知道了，也許會每天找自己見面，這對他來說還挺有負擔的。不過，張志傑誤以為他是有難處，反而主動開口了：「這樣吧，如果你馬上要回去的話，我就把本子寄給你。」

「欸？這樣好嗎？」

「沒關係的，反正我問了一圈，家裡沒人要那玩意。給你沒準還能當成下次寫書的素材，到時候我也算出名啦。」

「那……那就恭敬不如從命了。」

看著張志傑坦率的樣子，白越隙感到有些羞愧。不過，他也很清楚，這種羞愧最終會變成壓力，讓他變得越來越不想在路上偶遇張志傑。

他把謬爾德住處的地址告訴了對方，順便寫了一張字條，託其一併寄出。之後，兩人簡單聊了些同學之間的話題，便互相道別了。

四天後，他坐長途汽車回到了住處。

「我回來了。」

迎接他的依然是那個討厭的身影。穿著黑色高領毛衣的謬爾德，像格鬥遊戲的最終BOSS一樣，藏身在三張辦公桌拼成的工作臺後面，仰靠著自己的旋轉椅，脖子上墊著一隻畫著熊臉的U形靠枕。

「歡迎回來。這些天有沒有想念我呀？」

「一丁點也沒有。」

「那咱們可真是心有靈犀，我也是一丁點也沒有呀。」謬爾德壞笑著拿起工作臺上的某樣東西。「謝謝你，擔心我一個人看家太無聊，特意準備這種樂子寄給我。」

「你！」白越隙注意到桌上被拆開的快遞包裝。「我不是在裡面附了字條，叫你不許看嗎？」

「我說小白啊，就算是小學生，看到這種字條也只會更想打開看吧？」

「你又不是小學生！成年人不應該更有自製力嗎？還是說，下回我寫『一定要看』，你就不會看了？」

「總是讓你生氣也不大好，到時候我也許會按你的吩咐照做一次。」

「反正無論怎樣一定會採取我不想要的行動吧。」

白越隙歎了口氣。本想瞞著謬爾德自己看的，這下又失敗了。把包裹寄給這傢伙，就像朝動物園的老虎籠子裡扔肉包一樣，根本不能指望留個全屍。

「不過，你這次真是找到了個有趣的東西呀。怎麼說呢，有點犯罪的氣息哦。我很好奇把這東西寄給你的人為什麼還沒有報警。」

「犯罪？這裡面記載了什麼犯罪計畫嗎？」

「倒沒有那麼直白，就是篇小孩子口吻的幻想手記罷了。」

「那當然不會有人為這種事報警了。」

「話是這麼說，但文字以外的地方倒是大有問題呀。不過，一般人可能也看不出來就是了。」

謬爾德「嘩啦啦」地把本子翻到某一頁，亮了出來。白越隙不禁倒吸一口涼氣：在手記結束之後的空白頁，赫然出現了一個小小的、暗紅色的手印。

「這是？」

「血。大小像是小孩子留下的血手印。當然，普通人是沒辦法斷定這是血的，但對於名偵探謬爾德來說，這種事情只需要看一眼就能確定。」

「憑什麼確定？你鑒定過嗎？」

「你知道嗎，現代科學用了數百年的時間，也沒辦法完全獨立製造出人體內哪怕最簡單的一個細胞。我的判斷比科學的鑒定要可靠多了，這就是名偵探的直覺。」

白越隙放棄了反駁，不是因為理虧，而是因為覺得這很浪費時間。

「不管怎麼說，先給我看看。」

「拿去吧。我拿明年上半年的寬頻費打賭，看完之後，你會馬上聯繫你的那位老同學。」

「你為什麼知道那是我的老同學？」

「寄件地址，加上他附上的字條。你倆還真是連習慣都一模一樣。」

謬爾德吹了聲口哨，把手記連同快遞包裝一起扔了過來。那是讓對方回房間自己待著的意思。

白越隙看了看張志傑留下的字條，苦笑一聲，飛快地將其揉成一團。

二　繁花

「『……生者既凜天威，死者亦歸王化，想宜甯帖，毋致號啕』，這句話的大致意思就是說，活人和死者都各自得到了歸宿，可以安寧了。諸葛亮寫下這篇《祭瀘水文》，再獻上七七四十九個代替人頭的麵團，終於平息了瀘水的愁雲慘霧，大軍得以安然返回。這就是饅頭這種食物的由來。」

祝嵩楠說完，從副駕駛座上探過頭，眯著兩隻小眼睛，似乎在等待喝采聲。然而，麵包車裡一片寂靜，沒有人理會他的這番科普。

「怎麼？你們不覺得很有意思嗎？」

「是有點意思。」

大哥總算帶頭打起了圓場。每到這個時候，他總是能第一個承擔起調節氣氛的重擔，所以儘管他年紀不是最大的，也被我們叫作「大哥」。他本名叫齊安民，是個非常可靠的人，也是我們的副社長。

「不過，照你這麼說，饅頭最早是殺牛羊做成的？」

「是啊，我剛才不是說過了嘛！七擒孟獲之後，在戰爭中死亡的陰魂過多，南蠻的土著讓諸葛亮用四十九個人頭祭祀，被他以『豈可殺生人以祭死人』為由拒絕，於是殺牛宰羊，代替人頭。你們有沒有認真聽啊？」

祝嵩楠這個人，雖然平時大方親切，但最容不得別人不聽他說話，一旦不聽，他就愛發脾氣。明明是我們之中年紀最小的，卻是最像老幹部的傢伙。不過，他畢竟是個有錢人家的兒子，出手闊綽，日常的社團活動少不了他關照，所以我們也只好由著他。當然了，他的學識確實淵博，這點還是很讓我佩服的。

「認真聽啦，所以我才會問這個問題嘛。你說要殺牛宰羊，包到麵團裡，才能做成饅頭，可是我們今天吃的饅頭不都是沒有餡的嗎？」

「對呀！我也想問來著，我還尋思你們這兒的饅頭和我們那兒不一樣呢！」

說話的朱小珠和我一樣是外地人，印象中是來自北方的。我剛才其實也有這個疑問，還以為只有我們東南沿海的饅頭沒有餡呢。既然和祝嵩楠同為本地人的大哥也發出了這種疑問，看來並不是地域上的差異。

「事物總是會發展的嘛，兩千年前有餡，現在沒有餡，不也很正常嘛。」

坐在最後排的奚以沫突然出了聲。一直以為這小子在睡覺，原來在偷偷聽著。

「以沫，還暈車嗎？」

在旁邊照看他的大哥問道。

「暈，暈得很厲害呢。本來我是想先睡一覺，託某人的福，這下夢裡估計全是饅頭了。」

「別這麼說嘛。要不開窗透透氣？」

「不要。這土路上都是沙子，要是開窗，不出幾分鐘，我們車裡也得『愁雲慘霧』咯。」

「你小子倒是每句話都聽得很清楚嘛！」祝嵩楠抬高了聲調，老實說聽不出是開心還是生氣。「放心，已經出門快一小時了，七星館馬上就到了……不對。」

他看向車子前方，語速突然變得緩慢了。

「這路看起來不大對啊。莊凱，你確定沒走錯嗎？」

莊凱沒有搭話，他厚實的背影看上去像一堵牆。

「哎呀，這邊……不大對勁，你剛才是不是沒有左拐？」

「哪個……剛才？」

「就是前面的……哎呀，搞錯了搞錯了。」祝嵩楠急躁起來。「這肯定走錯了，我不記得有這條路的。」

「大概是在第五次擒孟獲的時候經過的那個路口吧。那回可真是憋屈，孟獲還沒起兵呢，就被自己人綁了。我聽到這兒也覺得委屈，所以錯過一個路口，情有可原啦。當然，更委屈的應該是那個綁了人的手下，都把孟獲綁給諸葛亮了，誰會想到人家又給送回來了，這以後的日子可怎麼混呀……」

奚以沫還在喋喋不休地說著。要是在平時，這兩人大概早就吵起來了，好在現在他倆一個正忙著找路，沒空搭理人；另一個暈車，也少了七成氣力，總算是沒有吵起來。

在祝嵩楠的指揮下，莊凱慢吞吞地倒車。這位身高一米八的壯漢是出了名的慢性子，就連說話都像冒著煙的拖拉機，只會一個字一個字重重地吐出來。他和我一樣，是外地人，平時活動的時候很少說話。但他身強力壯，任勞任怨，又是我們中僅有的三個有駕照的人之一。今天早上，祝嵩楠先親自開車送社長和學姊他們去了七星館，又把車開回來接我們。考慮到他實在是太累了，莊凱便主動請纓，負責開第二趟。也就是說，他還是頗有人情味的。雖然現在迷了路，但又不是故意的，誰也不好責怪他。

不過，也得虧祝嵩楠還有力氣指揮。我只坐了一個多小時的車，已經開始感到舟車勞頓了，而他一個人開了兩個多小時的車，現在又說了一路的故事——可以想像，載著學姊她們上山的時候，他的嘴巴也是閒不下來的。而且，根據我平日裡對他的印象，他也是有點兒路痴的，要記住這些山路，想必費了不少功夫。做到這份上，居然還是不覺得累，不愧是我們任勞任怨的「精神社長」。相比之下，那個真正當社長的鐘智宸，真是個甩手掌櫃……

哎呀，不好。不知道將來這篇部落格會不會被社長看到。我還是少說兩句吧！

總之，上山的路估計還要走好久。一想到晚上還有不少事，我就覺得有休息一下的必要了。幸好我不像奚以沫，不論是車、船還是飛機，我從來都是「如履平地」，完全不會覺得頭暈。於是，我把脖子往窗戶上一靠——如果坐在我邊上的朱小珠不是女孩子，我就往她肩膀上靠了——就這樣半強迫自己進入了夢鄉。

「余馥生，該起床了。」

不知過了多久，朱小珠身上淡淡的香水味飄進我的鼻子裡。我一個激靈，趕緊睜開雙眼。

「我們到啦。」

車子正停在一片泥土地上——居然不是鋪好的石磚，這讓我有點意外，我本以為七星館是個更豪華的地方。這時除了我以外的五個人都已經下車了。

「不好意思！」

我大聲道歉，然後趕緊下了車。

眼前是一片寬廣的私有土地，若干個圓柱形的房子交錯矗立。它們清一色都是相同的造型：純黑，三層樓，一層和二層是較小一圈的圓柱形，三層則稍微比另外兩層大一圈，並且連接著一根數公尺高的煙囪。煙囪呈臺柱的形狀，越往上越細，頂端還有一小段紅色的擋風板，看上去就像燃燒的火苗。這個形狀，像極了古代的……

「像極了古代的油燈！」

朱小珠搶在我前面發出了感歎。

「正是。這就是仿造諸葛亮點『七星燈』的傳說，建成的『七星館』。」

祝嵩楠得意揚揚地向我們介紹。

這時，離我們最近的一個「油燈」上打開了一扇門，看上去就像油燈的添油口被人撥開了，一個身影走了出來。

「我還以為出了什麼事呢。怎麼這麼久？」

身為我們中唯一一位已經步入社會的成年人，周倩學姊率先上前表達關切。

「不小心迷路啦。莊凱拐錯了一個彎。」

祝嵩楠毫不猶豫地轉嫁責任。大哥趕緊解圍道：「也怪我們大家不小心，山上的路看起來都差不多嘛！」

「哎呀，真是辛苦你們了。趕緊先進來歇著吧。」

兩撥人中最成熟的兩個人彼此客套著，仿佛這裡不是祝嵩楠家的館，他們兩個才是負責招待的主人。不過，祝嵩楠倒也一副無所謂的樣子。他真是個徹頭徹尾的小孩子，只管做自己想做的事情，別的什麼都不承擔。這種性格有時候煩人，有時候倒也很可愛。

我們排成一排走進「油燈」。路上，祝嵩楠又開始滔滔不絕地介紹著：

「七星館和七星燈都是取自北斗七星，所以我們家的七星館也用這七顆星星的名字來給它們命名，分成天樞、天璿、天璣、天權、玉衡、開陽、搖光七座館。其中，那四個『天』字開頭的叫『魁』，剩下三個叫『杓』。所以七星館也分成兩個部分，左邊這四座館之間彼此用木質長廊連接，右邊三個也一樣，中間就只有石頭路了。而整座館的出入口，只在靠近中間的『天權館』和『玉衡館』，也就是石頭路兩側的館各有一個，其他五座館是沒有自己的館門的。當然，如果有緊急情況，可以直接從一樓翻窗出來。」

「為什麼這麼捨不得造門呢？」

「不知道，應該是風水上的考慮吧。」出乎意料地，祝嵩楠第一次爽快地承認了自己不知道的事情。「畢竟這不是我家造的，只是二手的嘛。」

據說七星館是某位大富豪生前所造的，在富豪去世之後，他的家人輾轉將館出售給了祝家。不管是大富豪還是祝家，都不知道腦子裡在想什麼。可能有錢人就是這樣的吧。

天權館的一層空蕩蕩的，除了正中間的旋轉樓梯，什麼東西都沒有。木頭長廊倒是修建得很古樸。穿過長廊，進入天璣館，就看見社長鐘智宸雙手抱胸，像個老大爺似的站在那裡。兩位女生一左一右站在他身後。

「詭，終於到啦。」他重複了一遍和學姊一樣的臺詞。「出什麼事了？」

我們把迷路的說法又重複了一遍，社長倒沒什麼表示，只是輕輕點了點頭，似乎在說「這種小事我不計較」。

「你們參觀完啦？」

「嗯，真不賴。這裡的前任主人真的是諸葛亮迷啊。」

祝嵩楠滿意地「哼」了一聲，好像誇的是他一樣。

「雖然我也只來過兩三次，但已經對館裡的東西瞭若指掌咯。那麼就先從二樓的展覽廳開始——」

「稍等一下吧，嵩楠。他們才剛到吧？至少先讓大家放一下換洗衣物吧。」

「嗅嗅，說得是，說得是。還是大哥想得周到。」

能讓祝嵩楠態度如此恭敬的，在這世上也只有大哥了。其實大哥自己也是坐第二班車剛到的，但他卻脫口而出「他們」，似乎是只想著我們其他人的方便了。就因為這樣，我們才這麼尊重他。

我們順次走到了第三座館——天璿館。這裡和前兩座館不一樣，一樓呈圓形散開布置了許多客房。祝嵩楠順帶為我們介紹了七座館各自的用途：在左邊的四座館中，天樞館是存放雜物的倉庫，天璿館是客房和僕人房，天璣館和天權館是放置私人藏品和會客的地方；右邊的三座館則偏向館主個人的生活起居，玉衡館是廚房和餐廳，開陽館是主人居住的地方，搖光館則是主人辦公的地方。除此之外，所有館的三層都有某個專門的用途，不能隨意進入。

「……話雖如此，現在這裡沒有主人，我爸也很少來這裡，所以大家可以隨便選住的地方。開陽館也不止一個房間，要住哪裡都可以。」

「我就選了住開陽館，畢竟我可是社長。」

在這應該客套的時候，社長不知好歹地插嘴。真不知道這傢伙是怎麼當上社長的，靠他爸爸嗎？

最後的結果是，社長、周倩學姊和祝嵩楠三個人住開陽館，其他七個人住天璿館。我們約定，各自挑選房間，放好行李，就重新在大廳集合。

我只帶了一個背包，很快就收拾好了。回到大廳的時候，只看見先到的秦言婷和林夢夕等在那裡。這兩人是坐第一班車來的，自然不需要再去放行李。不過，怎麼社長和學姊也跑回房間了啊，雖然早就聽說這兩人關係親密……

跟兩位女孩子在一起，多少讓人有些不自在。雖然大家都是同一所大學、同一個社團的夥伴，但是平時每週最多見一次面，談不上多熟。而且，林夢夕和鐘智宸社長他們是一個小團隊的——和大二才入社的我們幾個不同，林夢夕早在周倩學姊畢業前就認識她了，據說那時候就經常參與社團活動。在我們之中，她的能力也是最強的。她精通韻律，每次活動都能帶來好幾首古體詩作品。只是，社團活動畢竟不是專業考核，大家聚在一起，目的無非還是在學業之餘放鬆玩樂。在這方面，沉默寡言的林夢夕就很難吃得開。至於秦言婷，她是和我同時入社的，但總是有點讓人難以接近的氣質。

「余馥生同學，你是叫這個名字吧？」

帶著一股凜然之氣的聲音突然響起。我回過神來，發現秦言婷不知道什麼時候走到了我跟前。

「是，是的！那個，你是，秦言婷同學，沒錯吧？」

「是我。」她朝我微微頷首。「每週社團活動的時候坐在角落的那個。很高興有人記得我。」

「啊哈哈。我倒是也很高興有人認識我啦。」

「誰會不認識你呢？每次活動都參加的人可不多。而且，你上個月填的那首《浣溪沙》，我可是印象深刻。」

我感覺自己的臉「唰」地紅了。

「那都是打油詩一樣的東西，還是忘掉的好啦……」

「『李廣射石今有愧，正龍拍虎古無征』……我對『正龍拍虎』這個詞特別感興趣。」

「哎呀，真的還是忘掉好啦，你怎麼還背下來了啊！我要羞死啦。」

不久前有個叫周正龍的人在新聞上說，自己拍到了已經滅絕的華南虎的照片，這件事在輿論界引起了軒然大波，但最終證實那似乎只是這個人為了騙取國家獎金而炮製的假照片。不過。「正龍拍虎」可不是我的原創，是網友們創造的新成語，用來諷刺那些招搖撞騙的行為。秦言婷看上去像是個大小姐，看來還不習慣網路這種新鮮事物。

「聽你的口氣，你覺得李廣射石的典故，也是造假的了？」

「那當然了。箭怎麼可能射入石頭裡呢？不過，李廣的事情並不是他為了利益而編造的，所以我認為他若是生在今天，面對被神化的自己，也會有些不好意思。」

「原來是這樣。我覺得這個想法很有意思，特別是『正龍拍虎』這個成語。都說語言是在不斷進步的，而這個詞又頗有些新意，或許幾百年以後，也會變成漢語成語中的一分子呢。」

「我可不這麼認為。現在這個時代變化得比古時候要快多了，一件事情還沒被人們記住，新的事情可能就冒出來了。如今要演變為成語流傳下去，可比古時候要難得多了。」

這是我隨口說的，其實我並不是這麼想的，現在有部落格這種便利的東西，要將事物流傳下去不是應該更簡單嗎？不過，我必須得找個臺階下。我可不想因為網上看來的成語，而被她捧成大文豪。

「你果然很有想法。不過，我相信有些東西還是能夠被流傳下去的。等你參觀完七星館，應該就能明白了吧？諸葛亮這個人留下了許多傳奇，每一個都要比『李廣射石』離奇得多。我們百姓永遠不會忘記他的故事的，而且會一直將之流傳下去。」

她說完，自顧自地退到邊上去了。

最後一個回來的是祝嵩楠本人，在他的帶領下，我們終於開始參觀傳說中的七星館了。不過，實際上可以參觀的只有天璣館和天權館兩間而已。

展品自然全都是有關諸葛亮的——正如之前所說的，七星館的前任館主是個不折不扣的諸葛亮迷。我們海谷詩社不僅僅是大學的詩歌社團，裡面的大多數成員也都很喜歡古典小說，《三國演義》更是其中的熱門。而祝嵩楠本人則是「三國迷」中的「三國迷」，用流行的話來說，我私下稱他為「最牛三國迷」。當他得知社長計畫在連休期間組織社團出遊之後，便全力鼓動大家來他家的七星館做客。

天璣館二樓的兩間副展廳，其中一間直線陳列著代表諸葛亮生平各種事蹟的古典掛畫。根據祝嵩楠的說法，似乎是請人專門畫的。第一幅圖畫的是一個儒生模樣的人騎著馬，在石頭陣中進退兩難，陣陣仙氣則從遠方飄向天空，諸葛亮那羽扇綸巾的形象隱隱現於其中。畫上還題有一首詩：

「功蓋分三國，名成八陣圖。江流石不轉，遺恨失吞吳。」

這自然是天下聞名的八卦陣了，而詩則是杜甫的《八陣圖》。之後的幾幅畫，有畫諸葛亮火攻蠻兵的，有畫諸葛亮焚香操琴的，有畫士兵戴著鬼面具操控木馬的，有畫諸葛亮點燈作法的，最後還有一張圖，畫著三位將軍抱頭逃亡，諸葛亮則端坐於車上。這幾幅畫分別表現得應該是七擒孟獲、空城計、木牛流馬、五丈原，以及遺計退司馬懿的典故。

「羽扇綸巾擁碧幢，親提士馬出南方。瘴煙罩地經瀘水，火日飛天守戰場。三顧深恩酬漢主，七擒妙策制蠻王。至今溪洞傳威德，為選高原立廟堂。」

「瑤琴三尺勝雄師，諸葛西城退敵時。十五萬人回馬處，土人指點到今疑。」

「六出祁山用計謀，軍糧遞運到西州。劍關險峻驅流馬，斜谷崎嶇駕木牛。心地玲瓏人莫測，性天廣大鬼難籌。誰那繼此神仙術?古往今來贊武侯。」
「撥亂扶危主，殷勤受託孤。英才過管樂，妙策勝孫吳。凜凜出師表，堂堂八陣圖。如公全盛德，應歎古今無。」
「長星半夜落天樞，奔走還疑亮未殂。關外至今人冷笑，頭顱猶問有和無。」
全部都是出自羅貫中的《三國演義》裡的詩句。
另一間副展廳裡陳列了許多風水用品，道袍、法劍、面具、八卦鏡等一應俱全，據說擺放位置也有講究。不過，我們一行人中沒有人對風水特別感興趣。
至於主展廳，則是被布置成了軍帳的樣子，兩邊兩排柱子，左邊掛「蜀」字旗，右邊掛「漢」字旗，側面的兵器架上備滿斧鉞鉤叉。正中央的主座上，放著一把羽扇，桌上則擺著一架古琴，左擺香爐，右設一隻木筒，裡面插著幾塊軍權杖，恩威並濟。由於道具做得都很還原，看上去真像是回到了古代一樣。主副展廳都沒有窗戶，應該是為了保護藏品。
天權館也是相似的布置，副展廳裡放了些書畫作品，主展廳則換成了朝堂的造型，相比之下倒是空蕩了許多，除了代替兵器架的儀仗架以外，就只剩一張上朝用的桌子。值得注意的是，朝堂的角落裡擺著一隻空鳥籠和一段沉重的鎖鏈，各自積滿灰塵，似乎別有深意。
「『可憐後主還祠堂，日暮聊為梁甫吟』，館主既然是諸葛亮迷，想來對劉禪也有些意見吧。」奚以沫冷笑著說——他似乎只有在這種場合才愛說話。在《三國演義》裡，劉備的兒子劉禪被描繪成無能的皇帝，把父輩們打下的江山拱手讓人，枉費了丞相諸葛亮鞠躬盡瘁的一片苦心。

「也不能這麼說，蜀漢的領土少，兵力弱，本來就難以討伐中原的曹魏勢力，而且後主對諸葛亮也算是言聽計從了，和他互不對付的，主要是諸葛亮的接班人姜維……」

祝嵩楠的辯護有氣無力，似乎只是為了不讓奚以沫得意才還嘴的。的確，儘管對於諸葛亮和劉禪的關係，後人討論出了很多種觀點，但這裡的鳥籠和鎖鏈，確實足以說明前任館主自身對劉禪的態度是否定的。在這點上，不論他如何解釋，也難以贏得辯論。

走出天權館，又可以呼吸新鮮空氣了。這時我才發現，七座館後面還修了一片淺淺的池塘，如果在夏天，這裡一定很適合乘涼觀星吧。走過石板路，就到了兼任餐廳和廚房的玉衡館。想必建造者的意圖就是這樣的：客人在客房放好行李，參觀兩座展廳，最後進入餐廳用餐，整個路線恰好是一條直線，十分合理。

可惜的是，祝家沒有在七星館安排僕人，所以今天的晚飯只能我們自己做了。祝嵩楠像變魔術似的，從二樓的廚房裡變出一排燒烤架來。

「晚上吃烤肉吧！」

上山前，他神神祕祕地告訴我們「晚飯早有準備」，沒想到是這個意思。不過，大家都對這個提議感到滿意。我們在池塘邊架起燒烤架，社長和莊凱則從麵包車上搬下一大堆食材和啤酒。原來這兩人也早就是同謀了……不對，大概這件事是社長提議的，莊凱只是臨時被叫來幹苦力的。

烤肉架不允許所有人一齊下手，所以我們自動分成了「烤肉組」和「吃肉組」。周倩學姊和朱小珠首先主動請纓——她們兩個似乎都有燒烤的愛好。大哥自然地提出幫忙，還用眼神示意我。我也覺得如果讓兩位女生負責烤肉有些過意不去，至少男女比例也要是二對二才合適；然而偷瞄了一圈，祝嵩楠自稱還有節目要準備，不知道跑哪去了，社長和奚以沫都是沒辦法拜託的傢伙，莊凱則只顧坐著發呆，看來只能我自己上啦！

我們手忙腳亂，終於把第一串雞翅烤焦的時候，祝嵩楠回來了。奇怪的是，他的臉黑乎乎的，不知道沾了什麼東西，把大家都嚇了一跳。

「搞什麼鬼呀？你的『餘興節目』就是扮黑臉張飛嗎？」

大哥叫了起來，社長則是幸災樂禍地哼起了去年的流行歌：「您是西山挖過煤，還是東山見過鬼……」

大家都哄笑起來。祝嵩楠卻沒有像平時一樣急於挽回自己的顏面，而是笑嘻嘻地回答：「我就是去挖煤了，你們很快就能看到成果啦。」

不出幾分鐘，七星館的上空忽然亮了起來。眾人抬頭看去，只見七座館頂上的煙囪，此時都發出了耀眼的紅光，還有滾滾黑煙直衝上天。

「著火了！」

朱小珠叫起來，馬上被祝嵩楠敲了一下。

「別咒我家啊，什麼烏鴉嘴！看清楚了，那是七星燈哦。」

確實是七星燈。七座建成油燈外形的館，此時煙囪同時發亮，就像七盞油燈各自被點燃了燈芯一樣。

「難道每座館的三層都是這個用途嗎？」

大哥第一個反應過來，祝嵩楠滿意地點了點頭。

「正是如此，三層可是這裡的『吸菸室』，大哥下回也能去享受享受——開個玩笑。

總之，所有館的三層都是一樣的構造，包括一間燃料室、兩間燈室和一間通風室，煙囪都接在通風室上。當然了，建築物的隔熱性能很好，絕不會釀成火災。至於煙囪發出的光亮，其實是ＬＥＤ燈的效果。」

「什麼嘛。還以為真的著火了。」

「都特意點火了，為什麼發光的部分還要用ＬＥＤ燈？不嫌麻煩嗎？」

「人家自有人家的考量。」祝嵩楠終於重新回擊了。「點火是為了滿足七星燈的要求，煙囪上的燈是沒有開關的，只有煙霧探測器檢測到起火了才會自己亮起來，持續九個小時。至於為什麼不直接在煙囪裡點火，那當然是因為太危險了，必須在安全的環境內燃燒才行。」

「可以理解。我聽說這次奧運會的聖火也是這樣的設計，在內部準備小的火苗，防止上面的火被吹滅。」
「完全不一樣吧。聖火的外部可是真的火在燒，這個是ＬＥＤ燈呀。」
社長似乎終於找到一個炫耀學識的機會，結果被奚以沫毫不留情地拆穿了。如果以為奚以沫總是和祝嵩楠拌嘴，是因為兩人關係不好，那可就大錯特錯了。他對任何人其實都是那種輕蔑的態度。
「可是我看三樓沒有窗戶呀，沒有氧氣要怎麼燃燒？」
「煙囪就是通風管道，那上面有抽風機的。大概是這樣吧，我聽我爸說的。」
面對大哥，祝嵩楠突然就沒了底氣。
「所以你剛才真的是挖煤去啦？」
「是的，燃料都是用煤……都是前任館主用剩的，我爸其實看不上這些把戲。但我想，難得大家一聚，就弄出來看看。」
「不錯不錯，嵩楠有心了。」
周倩學姊帶頭鼓掌。祝嵩楠似乎覺得自己的努力總算得到了認可，出了口氣，開心地搶走了我手裡剛烤好的玉米棒。
「咳咳。大家聽我說。」
手舉啤酒的社長突然端起了架子，那副樣子真有點他爸爸的派頭。
「那個，今天，我們海谷詩社的朋友們，相聚在這裡，首先，我們要感謝嵩楠同志的，盛情款待！」

他刻意進行頻繁的斷句，還用力說出最後四個字。跟他最為熟悉的周倩學姊立刻鼓起掌來，我們也只好配合。

「其次，要感謝，一路上幫忙組織活動的周倩同志，以及，任勞任怨的莊凱同志！最後，要感謝參與活動的，每一位社員！本來，這次活動，是預計在『五一勞動節』的小長假期間，進行的。但是，很不幸，我病倒了。俗話說，『身體是勞動的本錢』，因為我個人的問題，拖累了大家開展『勞動』，這個錯誤，我已經進行了深刻的反省和深刻的檢討，非常抱歉！」

他說得冠冕堂皇，但我卻很清楚，那次生病完全是因為他和其他系的女孩子出去喝酒，宿醉之後導致的。

「因為這個小小的意外，我們把活動推遲了一周，選擇在這個週五，來到這裡。還好，大家週五都沒有課，周倩學姊也剛好今天能請假，這是巧合，但往大了說，也可以認為是命運的安排。滿打滿算，我們現在，還是有一個三連休的小長假嘛！哈哈！」

讓周倩學姊請假怎麼也能叫「命運」呢？人家這麼做也是有犧牲的啊。而且，據我所知，莊凱可是推掉了每週五的打工來參加聚會的。社長的這番發言真是讓人聽了很不舒服，但誰也不會在這個時候打斷他。沒有必要為了一點意氣，去弄出一些難以收場的事情——大多數受害者都會有這樣的思維，結果繼續成為受害者。個人來說，我並不喜歡這種想法，但我也不是多麼勇敢的人，願意替別人出頭。所以，我只好把心裡的不滿寫到部落格裡……

不知不覺，社長已經把話題推進到感謝自己的父親租車給我們了。他真是三句話離不開爸爸。畢竟，像他這樣的官僚子弟，現如今所擁有的絕大部分資本都是父輩給予的。離開了父輩，他大概就沒有能做成的事情了吧。只是，他出的那點贊助，跟祝嵩楠比起來簡直是九牛一毛，居然還要特意提起。如果不是他搬出這輛破麵包車，祝嵩楠大概會準備更好的車輛吧？結果因為沒辦法拒絕社長的「好意」，大家只能擠破麵包車了。

祝嵩楠和社長，其實都是「家境好到我們難以想像」的人，只是兩人對其他人的態度截然不同，一個是真的大方而不計較，另一個則希望你對他所有的小恩小惠感恩戴德。這大概就是這倆人在我心中的地位截然不同的原因吧。

最後，社長讓我們乾杯致意。接下來就變成一瓶一瓶地勸人喝啤酒的環節了。我不擅長應對這種場合，盡可能躲得遠遠的。其他人倒都是一副很上道的樣子，很快就喝成一片了。

「諸葛亮確實是大英雄；但是《三國演義》裡，最突出的個體，應該是關羽。」

醉意上來之後，社長又開始說些自己的理解了。幾分鐘以前，因為他的一句「來了這裡，就要多討論三國」，大家的話題就這麼被限定了。

「斬華雄，斬顏良文醜，過五關斬六將，再到後面的……唔，單刀赴會，全都是一枝獨秀的場合。相比之下，其他角色很少有這種機會。而且，諸葛亮從不失手，即使失手，也是手下壞了事，比如失街亭，或者老天不給面子，比如上方谷；但關羽不一樣，他在華容道放了曹操，也被傳為美談，也就是說，作者對關羽的包容度更高。在關羽死後，作者一連寫了好幾首詩稱頌他呢。夢夕，是怎麼說的來著？」

「『氣挾風雷無匹敵，志垂日月有光芒。至今廟貌盈天下，古木寒鴉幾夕陽』……」

林夢夕聽話地小聲應答。她剛剛被社長半強迫地灌了不少啤酒，此時臉蛋已經紅撲撲的了。看周倩學姊的反應，這似乎是常有的事情。不過，她連這種《三國演義》邊角裡的詩句都能背下來，真是了不起。越是覺得她了不起，我就越覺得她不該被這樣欺負……

「你說得完全不對啊，社長大人。」奚以沫毫不留情地開口反擊。「首先，要說詩，諸葛亮死後，羅貫中可是給他安排了滿滿一頁的贊詩，比關羽要多得多了。再說，根據《三國演義》的原文，諸葛亮早就夜觀星象，算到曹操在赤壁之戰裡死不了了，所以他才把關羽派去伏擊，因為他知道不管派誰去，曹操都能跑掉，不如讓肯定會主動放人的關羽去，送他一個大人情。就是說，這一段也還是在誇諸葛亮的。」

「我倒覺得放走曹操也不是大錯。」周倩學姊也加入話題。「不能以今人的價值觀評判古人，或許以成敗論的角度來看，放走曹操是大罪一樁，但對於以『忠義』為第一的古人來說，這其實是一種道德水準很高的體現。」

「哼，道德水準啊，盡是些愚弄大眾的說法。」

社長似乎對學姊沒有站在自己這邊感到非常意外，臉色也陰沉下來，竟說出了平時肯定不會說的話。

「因為『俠之大者，為國為民』嘛。大家想想，關羽過五關斬六將的時候，羅貫中是怎麼稱讚他的？『忠義慨然衝宇宙，英雄從此震江山』。他和劉備、張飛重逢的時候，又是怎麼說的？『今日君臣重聚義，正如龍虎會風雲』。甚至直到他去世以後，也是說他『無忘赤帝』『不愧青天』。毛宗崗說關羽『義絕』，就是重『義』到了極點的意思，但是那種『義』跟我們今天說的仗義又是不大一樣的，它永遠是和『忠』綁定的，『忠義』才是一個完整的詞。俠客講義氣，最終目的也是為國為民，『義』只是實現的一種手段，而且是一種更容易被普世所接受認可的手段。關羽投降曹操，其實是欲揚先抑，之後用千里走單騎回歸劉備陣營，來進一步突出他的『忠義』。曹操給他的待遇不可謂不好，如果他就這樣投降了曹操，在『義』上也並非說不通，但於『忠』就有違背。所以他最後還是必須回歸劉備陣營，這就說明『忠義』是高於『義』的。不過，到了華容道的時候，『忠』和『義』終於產生了衝突，因為放走曹操確實會有很多危害。所以才要加上『占星』的元素，說明曹操不死是命中註定，才能讓關羽的『義釋』顯得更正當一些。」

說完這一長串，祝嵩楠喝下一口酒，又滔滔不絕起來。

「不過，要我說，《三國演義》裡確實有一個完全脫離集體主義的個人英雄主義者，那就是曹操。他早年暗殺董卓失敗後，逃到父親的朋友家，只因為懷疑人家要殺自己，就把對方全家屠盡。結果發現是誤會，對方只是想殺豬。可是誤會解開之後，他沒有一點兒後悔，立刻把剩下的老人也殺了，以絕後患，還說了那句經典名言『寧教我負天下人，休教天下人負我』。這可是赤裸裸的自我中心式的發言啊。不過，他給自己的自我中心主義披上了集體主義的外衣，讓人以為他是個以大局為重的人。攻打袁術的時候，軍中沒有糧草了，士兵們有怨言，他就找來管糧食的小吏，說要『借你頭一用』，把人殺了，解釋成此人貪汙軍糧，現在已經正法，於是士兵就沒有怨言了。擁護這種行為的人，會強調情況的極端性，堅持『只有這樣才能穩定軍心』，好像殺了小吏，就沒有任何損失了一樣。但事實上，在那種情況下，不管採取哪一種行動，都一定會有人受到損失。曹操採取的策略，是對他個人來說損失最小的一種，僅此而已。被殺掉的小吏也好，餓著肚子的士兵也好，本質上都是集體在買單。所以，那些強調大局的人，很多時候都是在用集體主義綁架個體的傢伙罷了，當需要其他人犧牲時，他們會說是為了大局，輪到自己的時候卻又動別的腦筋……」

「話也不能這麼說吧。」社長的聲音裡已經有幾分醉意。「古時候的人哪裡能分得那麼清楚呢？古時候是君主制，中央集權制，對吧！所以天下都是皇帝的所有物咯。皇帝治理有方，那只不過說明愛惜他自己的財產；皇帝昏庸無道，就會被人推翻，失去自己的財產。你說的個人損失、集體損失，是建立在所有人都平等的情況下，但當年怎麼會有這種概念呢？為了整個勢力賣命，和為了軍閥首領本人賣命，根本就沒有本質上的區別。即使是諸葛亮，他始終打著的也是『復興漢室』的旗號，並非『拯救天下蒼生』吧。所以他連年發動戰爭，也只是為了奪取權柄而已，哪有那麼『為國為民』。」

祝嵩楠搖頭：「為了實現自己的政治抱負，而去對抗暴政的一方，並不是什麼壞事。如果諸葛亮能夠成功，對百姓難道就沒有半點實惠嗎？當年曹操南下進攻荊州，劉備倉皇出逃，竟然有整整十萬民眾願意跟著劉備，拖家帶口地一起逃跑，史稱『劉備攜民渡江』，不只是《三國演義》，連《三國志》也記載了此事。這還不足以說明，曹魏集團統治下的百姓，日子過得不如蜀漢嗎？根據史書，在曹魏統治下的百姓，承擔的賦稅是漢代的四倍！不僅如此，曹操還制定了『軍屯制』的法令，將百姓收編為平時種地、戰時充軍的奴隸，稱為『士』，不僅一生為奴，而且子孫後代也不能獲得自由身，逃亡者甚至會被滅族。《晉書》裡講了個例子，說有個叫趙至的人，是『士』的兒子，他不甘心像父親一樣當奴隸，於是裝瘋賣傻，用火燒自己的身體，如此做了一年，直到官吏以為他真的瘋了，才出逃到外地，用假身分『漂白』成自由人。可是，當他歷經千辛萬苦，當上大官返鄉，想要好好孝敬父母的時候，才發現母親早已病逝，他過度悲傷，竟吐血而亡。如此殘酷的統治，為什麼不可以推翻呢！」

說到這，似乎是覺得話題有些太嚴肅了，祝嵩楠停了一會兒，忽然低頭一笑：「不過，說到統治的正統性，我倒是想到一個有趣的觀點。這是我前段時間從朋友那裡聽到的假說，說出來給大家當笑話聽聽，就當成是痴人說夢吧！他說，諸葛亮試圖統一天下是應該的，因為諸葛亮就是漢朝的皇帝！」

「啊？為什麼？」

「他給出的理由非常玄乎。首先，史書記載，諸葛亮出生於西元一八一年，死於西元二三四年；而漢獻帝也生於西元一八一年，死於西元二三四年。」

「這算什麼，我倆要是同生同死，我就是你了？」

「還不止如此。他還說，十六歲以前，諸葛亮是個默默無聞的人，在史書上一點表現也沒有；而某天他突然聲名鵲起，自號『臥龍』。漢獻帝劉協兒時聰慧過人，董卓見到他，立刻認他為天子之才，把他擺上了皇帝的位置。年輕時的漢獻帝也非常強悍，甚至曾在曹操上朝時當面指責他獨攬大權的行為，嚇得曹操『汗流浹背，自後不敢複朝請』。但成年之後，他突然就變得軟弱無為，畢生受到曹操擺布。兩人的轉變都發生在同一時期，而那個時期剛好發生了『衣帶詔』事件，漢獻帝與幾位忠臣圖謀刺殺曹操，結果失敗，曹操殺了一批大臣。如果漢獻帝的計畫並非刺殺曹操，而是製造混亂、自己趁亂出逃呢？他利用這個時機逃到南陽，留下一個替身充當傀儡，而在這次事件中，和漢獻帝親近的大臣又都被曹操殺掉了，除了曹操，其他人很難分辨留下來的這個是不是真的漢獻帝。至於曹操，他當然不能主動說出『皇帝跑了』這種話，只能將錯就錯，維護自己『挾天子以令諸侯』的名分。當時，諸葛亮突然自號『臥龍』，龍在古代就是皇帝的象徵呀！」
「太扯了，那龐統自號『鳳雛』，難道他想當皇后？」
奚以沫兩次出言譏諷，但祝嵩楠不慌不忙地回擊：「『鳳雛』是可行的，因為古人本來就有以男女之愛來比喻君臣關係的習慣，屈原的作品裡就經常有這種寫法。而且，如果諸葛亮是漢獻帝的話，還能解釋很多事件……」
祝嵩楠滔滔不絕地舉了許多例子，雖然聽上去都有些附會，但確實都落在了他想論證的點上。
「你的意思是，諸葛亮和漢獻帝其實是換了身分，真正的諸葛亮此時變成了漢獻帝？」
「是的，因為不管怎麼說，憑空造一個身分出來還是很困難。如果漢獻帝變成了諸葛亮，那原來的諸葛亮就得有個去處。他們兩個很可能在長相上有相似之處，所以才能完成替換。自此，平庸的諸葛亮就成了龍椅上任人擺布的傀儡，而聰慧的漢獻帝得以用新的身分完成奪回江山的偉業。」
「那樣的話，真正的諸葛亮不會太可憐了嗎？被迫接受不屬於自己的傀儡命運……」
「沒有辦法呀，用剛才討論曹操時採用的說法，這就是為了集體利益，而不得不被犧牲掉的個人吧？不，應該是為了皇帝一個人而犧牲的個人。不是有句話叫『君要臣死，臣不得不死』嗎……」

他說到一半，突然傳來了「匡」的一聲響。我們不約而同地看向發出聲音的位置。竟然是一直很安靜的林夢夕。

「那也是那個人自願的……」

她直勾勾地盯著祝嵩楠，臉上掛著不知道是驚恐還是憤怒的表情。她平時幾乎從不表露自己的情感，以至於此時此刻，我們還不是很能準確地把握到她的情緒。不過，我還沒喝醉，因此能清楚地注意到，她搭在膝蓋上的雙手正輕微地顫抖。

「喂，夢夕，妳喝多了。」

社長快速出聲打斷她。仔細一看，他表情嚴肅，似乎酒一下子醒了不少。

林夢夕輕輕地「嗯」了一聲，又把身子縮回座位上。氣氛一下子被弄得有些尷尬，好像不是在講三國的話題了。好在大哥立刻發揮了氣氛調節的作用：「我這塊香菇烤黑了啊！誰要吃烤焦的？」

「誰要吃烤焦的！」

祝嵩楠跟著重複了一遍，但意思截然不同。如此一來，倒也有幾分喜劇效果，不愧是和大哥最有默契的人。

那之後，大家聊起了其他話題。社長提議眾人效仿古人，行「飛花令」，結果自己連第一輪都沒接完，反倒變成他展示自己酒量大的表演了。周倩學姊則作了一首現代詩——在我們之中，只有她和莊凱是「現代詩派」的，可惜莊凱入社時她已經畢業了。她開玩笑說，這下子「現代詩派」的成員就保持了「動態平衡」。

「海谷詩社至少還是得有一個人是我們這邊的，不然怎麼對得起它的名字呢！」

她開了個這樣的玩笑，我才知道，原來「海谷」是徐志摩早年用過的筆名。身為海邊長大的人，第一次見到這個社團名的時候，我還覺得十分親切，卻從沒想到它是這麼來的。

晚宴持續到晚上十點多，大家才逐漸散了。不勝酒力或睡意纏身的人，一個個自行回了房。我算是比較堅挺的一派，一直堅持到後半場，也就是只剩五個人的時候，才推說睏了，逃離了酒桌。

回到房間，我立刻拿出藏在書包裡的筆記型電腦。這可是我的寶貝。繞著牆壁找了一圈，沒找到寬頻介面——本來也沒指望這種地方會有。只能先把部落格寫好，然後設置成待發送狀態了。

做完這一切，我躺回床上，盯著黑漆漆連成一片的天花板出神。老實說，在這以前，我從未和朋友一起出來旅行，新鮮感此時還未完全退去。現實中的七星館和想像有點出入，應該說是正經呢，還是傳統呢？總之，雖然是有錢人造的奇妙建築，卻令人沒有疏離感。或許此時，我已經被七星館裡靜如止水的氣氛同化了吧。

不知道是不是剛才點火燒過的緣故，房間裡暖洋洋的。思考沒有持續很久，我很快進入了夢鄉。

三　斫木

「你看懂了嗎？」

這是白越隙離開房間後說的第一句話。

不出所料，謬爾德擺出一副諱莫如深的模樣。

「『看懂』是什麼意思呢？在這個世界上，每天都會有人對著蒙德里安的畫作說『我看懂了』——但是他們『看懂』的東西真的一樣嗎？」

「你就是這點讓人討厭，不管討論什麼話題都不肯好好說話。那我換個問法，你看完這份手記以後，覺得最後在寫下手記的『阿海』身上發生了什麼？」

「他不是寫得很清楚了嗎？他失去了身體，只好等哥哥來救自己。」

謬爾德聳了聳肩，好像在說一件非常理所當然的事情。

「怎麼可能啊。人失去了身體哪裡還能活著？」

「頭部且不說，軀幹應該還能活個十幾秒吧。如果你說的『活』指的是生命機能沒有停止的意思的話。這麼一說，倒是挺有意思的，到底是身體失去了頭，還是頭失去了身體呢？」

「我不想跟你討論這些形而上學的問題，但至少我可以指出一個基本的矛盾：如果沒有身體，他要怎麼寫下這本手記裡的文字呢？」

「真沒有毅力呀，這就折服了。」

謬爾德不自在地摸著脖頸，似乎沒想到白越隙會如此爽快。

「但遺憾的是，關於手記的由來，我也只有一點很有限的線索。」

接著，白越隙把自己和張志傑重逢的經過說了出來。

「如何?名偵探謬爾德大人已經懂了嗎?」

「抱歉，我和那些專職搞選舉或者演講的傢伙不一樣，要我承擔失手的風險去輕易對一件事斷言自己『懂了』是很難的。我應該一直都在提醒你，對任何未知事件的解釋，都需要建立在充足的證據之上。而要想獲得充足的證據，就必須有明確的目的性。你想求我幫你解釋某些問題對吧，那你就應該拿出求神拜佛的誠意，好好把自己的疑問列出來。這可是國慶大酬賓呀!平時我的收費可不低，但這回讓你拖拖地就行了。」

「原來還是有報酬的啊!」

「『不白幹』是我數以千計的原則之一，很遺憾你又窮得叮噹響，榨不出什麼油水。而且，如果讓你洗碗，只怕不出半個月我就會被毒死，所以只好選拖地了。」

「嘖。」

那一瞬間，白越隙真的產生了在碗筷裡下毒的衝動。這一年多以來，他不知克制住這種衝動多少次了。他時常覺得，自己那強大的自製力，是謬爾德的救命恩人。

「那我就列給你看。」

他拿出紙筆，稍加思索，寫下一系列文字：

一、積木搭建的花園為什麼會成真？

二、「黑洞」卡牌為什麼會反復出現？

三、最後出現的房間、「太空人」和一對男女，代表著什麼？

四、「阿海」最後怎麼樣了？

五、手記最後的血手印意味著什麼？

「如何，這就是現階段我想知道的全部了。」

「得拖五個月的地板呢。你可真勤快呀，就不能簡化一點嗎？問題一、問題二和問題三不是可以合併成『他遇到了什麼』這一個問題嗎？」

「不，我認為這三個問題有必要區分開。」

「誰，為什麼呢？」

「因為，自從『阿海』偷走積木出逃以後，以他第一次失去意識為分界線，前後發生的事情是在不同的時間段。前半段建造花園的經歷和後半段遇見『太空人』的經歷，中間有時間間隔。假如說這兩段遭遇中，有一段遭遇是『阿海』看到的幻覺，那麼另一段就應該是真實的，因為很難認為一個人會持續不斷地沉浸在幻想中。」

「你似乎已經認定其中一段遭遇是幻覺了，為什麼呢？」

「是我個人不靠譜的猜測，也是任何一本推理小說都不屑於採用的解答，但我覺得這還挺明顯的吧。我認為『阿海』用積木建造花園的第一段遭遇是他的幻覺，因為他吃了致幻的蘑菇。」

謬爾德揚了揚下巴，示意白越隙往下說。

「被他描述成『怪異的紅色塊狀物體』的，應該是山裡很常見的致幻類毒蘑菇。從整本手記看來，『阿海』居住的地方應該是發展相對比較好的鄉村，沒有到赤貧的地步，但也不算富裕。而『阿海』本人喜歡看宇宙畫報，並不經常上山玩耍，那麼他誤食毒蘑菇也是有可能的。」

「是不是有些牽強呢？既然他喜歡看宇宙類的畫報，也有可能會看植物百科類的畫報，你如何斷定他不認識毒蘑菇呢？」

「有一點間接的證據。他描述科學老師的時候，提到對方玩的遊戲是『紅色的小人在水管之間跳躍，採集金幣和各種顏色的花朵，把敵人踩成肉餅』。從本子的陳舊程度來看，這本手記是十多年前寫的，當年可沒有那麼多電腦遊戲，而老師玩的怎麼聽都是《超級瑪利歐》。但《超級瑪利歐》裡並沒有各種顏色的花朵，只有各種顏色的蘑菇。所以我猜測，『阿海』一直把蘑菇當成花的一種。」

「蘑菇和花不是差很多嗎？」

「對於思維已經定型的成年人來說，兩者自然相差很多，但在孩子眼裡可能是有共性的。它們都是一根長柄拖著一片展開的部分。瑞士心理學家皮亞傑認為，人們認知某個事物，必須遵循一套基本的模式，人們會根據舊的知識所形成的範本，來快速對新接收的知識進行編碼、歸類和解讀。換言之，我們判斷某樣東西是不是『花』，也不過是依靠預先植入在我們腦海裡的『花』的基本模型。而對於還在學習階段的小孩子來說，這種模型可能每天都在被顛覆和重寫呢。」

「你懂得還真多。」

「考試資料裡的內容罷了。除此之外，我還有一些旁證。他描述自己用導彈——我猜那可能代表的是火箭的燃料室，被他誤認為是導彈——的積木零件做成白花時，用詞是『下面尖，中間是圓柱形，最上面則呈放射狀打開』，這怎麼看都更像是蘑菇。後面用探照燈做成的『紅花』，也和蘑菇很相似。」

「所以你認為那些突然開出的花，就是突然長出的蘑菇？」

「蘑菇的生長速度本來就很快，雖說還沒到肉眼可以察覺的地步，但是，在他坐下來玩積木的時候還沒從草叢裡長出來，之後卻長到了可以被注意到的程度，這還是有可能的。畢竟他沒有說明自己花了多少時間玩積木，而傍晚的山上光線又不充足。」

「真是巧合主義。」

「俗話說『無巧不成書』，這種內容異常的手記，肯定是伴隨著巧合誕生的，否則不就每天都能遇到這種怪事了嗎？既然『阿海』不能正確認識蘑菇，那麼他之後吃的那塊『塑膠蘋果』，當然也有可能是毒蘑菇了。之所以沒有把它也認成花，可能是因為那是一株冠部尚未完全張開的蘑菇，我推測是毒蠅傘，這種蘑菇在冠部完全展開以前，看上

「那當然不會。嗯……謝謝你，志傑。」

就這樣，兩人結束了通話。當天晚上，張志傑又發來短信，確認了城市的名稱。白越隊將地名和「建築師」「墜樓」「許某」等關鍵字進行組合，用搜尋引擎尋找著案件的相關消息，再篩選出時間恰好在二〇一五年的報導。試了幾次，總算找到一條接近的：

「五月二十日下午二時許，一名中年男子於XX街道來福KTV對面的施工區墜樓身亡，引來群眾圍觀。當晚，警方通報了相關案情：死者系該項目施工負責人許某文（男，四十四歲，福建人），於『紫山國際』待交接的樓盤內墜亡，初步排除他殺。目前，該案件尚在進一步調查中……」

年齡、籍貫和身分都基本吻合，看來這個死者就是許遠文沒錯了。報導寫得非常簡略，不要說案件的全貌了，哪怕是一點邊角也難以窺探到。不過，至少它提供了案件發生的具體地址。白越隊知道，自己摸到樹根了。接下來要做的，就是順藤摸瓜，沿著樹根找到長滿線索的「大樹」，再乾淨俐落地將其果實斬獲。

他不打算馬上把這些發現告訴謬爾德。一方面是因為，眼下這些線索都只是些皮毛，就算老老實實地告訴對方，恐怕也只會被要求「接著找去」；另一方面則是，他還有些私心，如果能夠有哪怕一次搶在謬爾德之前接近謎團的中心……那麼，雖然不是稱心如意的復仇，但也能讓他揚眉吐氣一陣子。

他變得躍躍欲試起來。

四　火花

醒來之後，我下意識地尋找牆上的掛鐘，卻只看見一片空白。這時，我才想起自己現在不在宿舍，而是身處深山的七星館內。拿過放在床頭櫃上的手錶一看，九點出頭，和我平時自然醒的時間差不多。

前一天晚上成功避開了酒局，所以現在腦袋還算輕盈。我伸了個懶腰，從床上爬了起來。那幫傢伙一個個喝得東倒西歪，想必現在都還沒睡醒吧。

我本是這麼以為的，沒想到洗漱完，走到約定好一起吃早飯的地點——玉衡館時，竟發現那裡已經坐了四五個人。

「馥生，你醒了。」

大哥兩手撐在昨晚沒用過的餐桌上，神色凝重地看著我。社長和周倩學姊坐在他的左手邊。這個情形首先就很不對勁——平時應該是社長占據主導地位的，但此時他竟然低著頭，什麼聲音也沒發出來；而習慣照顧人的周倩學姊，此時也失去了表情管理能力，頂著一張失魂落魄的臉，呆滯地看著正前方。

「怎麼了？」

一定是出事了。問出這句話以前，我就有這種意識。說來也真的很奇怪，雖然「第六感」這種東西從科學角度尚未得到證實，但此時的我心中早已警鐘大作，我幾乎可以確信，發生了某些不可挽回的重大事件。

我的目光掃向餐廳的角落。朱小珠抱著腦袋蹲在牆角，好像正在打哆嗦，而其他人居然都沒有上前照料她的意思。也就是說，問題沒出在她身上。而秦言婷則是默然無語地站立在門邊，似乎對其他人充滿戒心。

如果我沒記錯的話，昨晚喝酒喝到最後的是社長、周倩學姊、祝嵩楠和林夢夕。前三個人似乎是真的樂在其中，只有林夢夕像是想走而脫不了身的樣子。那麼，她被灌醉到現在還沒睡醒，也是很有可能的。然而大哥的下一句話立刻把我的猜測擊得粉碎：

「夢夕死了。」

「嗯？」我愣了一下。「是酒精中毒嗎？」

「不是。怎麼說呢……可能是被人敲了頭吧。」

「可能？敲了頭？」

「嗯。我們發現她被人擺成奇怪的樣子……」

聽到大哥的描述，周倩學姊突然小聲啜泣起來。

「那個，咱們出去說吧。」

大哥咳嗽了一聲，從座位上站起，順便拍了拍社長的肩膀，應該是示意他安慰一下周倩學姊。但社長還是呆若木雞，一動也沒有動。

我跟著大哥走出玉衡館。他頭也不回地越過天權館的大門，朝天樞館的方向直線走去。我緊跟在他身後。說來也奇怪，直到這個時候，我才真正理解剛才說了什麼——

林夢夕死了。而且，似乎不是自然死亡。

我們的同伴，在同一個社團裡的朋友，昨晚還一起喝酒聊天的朋友，現在死了。

一股酸楚突然湧上我的鼻腔。怎麼回事？說到底，我和林夢夕也只是有幾面之緣而已，並不算多麼熟悉。但聽聞她的死訊，我竟然會如此震驚。

「就在這裡。」

他在天樞館的門後停住了。一幅奇妙的畫面呈現在我們兩個面前：林夢夕閉著眼睛躺在地上，四肢朝四個方向舒展開來，看上去像一個漢字「介」。她臉上的表情很平靜，沒有任何波瀾，衣著也相當整潔，一如她生前給我的印象。在她的身旁，擺放著許多長度將近兩米、寬度十幾釐米的木板條，排列成了一個圓形，將她圍在正當中。

「是誰……幹的？」

我擠了擠喉嚨，最後只能發出這句疑問。

「不知道。早上學姊和以沫兩個人發現的，當時就是這個樣子了。」

「學姊和奚以沫？」

明明朋友的屍體近在眼前，我卻問出了一些無關的問題。那大概是自我保護的手段。雖然林夢夕的屍體狀況不算慘烈，但我還是迫切地想要將注意力從那上面移開。

「是的。學姊是為了做早飯而早起的，以沫的話，聽說本來就習慣早起。」大哥一定也和我一樣，很想轉移話題，所以立刻接過了話。「他們兩個發現屍體以後鬧了一番，把社長和我叫起來了。當時八點多吧。之後其他人陸陸續續也起來了，你應該是最後一個。」

沒想到我才是起得最晚的那個。真是太尷尬了。

「報警了嗎？」

「沒有信號。畢竟是山裡，聽說基地臺還沒建好。」

「那就開車下山吧。其他人呢？」

「莊凱和以沫出去找人了，嵩楠……不見了。」

「不見了？」

我機械式地重複著。

「對。學姊最早去找的就是社長和嵩楠，但嵩楠卻不在房間裡。而且，我們開來的那輛麵包車也不見了。現在莊凱和以沫正在這附近尋找車子的蹤跡……」

實在是太不可思議了。林夢夕死了，七星館的少主祝嵩楠則和車子一起失蹤。單看這個情況，即使我對祝嵩楠本人沒有什麼意見，此時也很難不去產生些糟糕的聯想：該不會是祝嵩楠殺害了林夢夕……

「我知道你現在可能有各種猜測。」大哥迅速識破了我的想法，他舉起一隻手，豎在我們之間。「但還是請先別急。我可以向你擔保，嵩楠也是我們的一員，他不會做出傷天害理的事情的。」

「我不是那個意思。」

「嗯。我明白。」

說完，我們不約而同地邁起步子，快步回到玉衡館。誰也不願意和屍體一直待在一起。

館裡的氣氛和剛才差不多，唯一不同的就是，周倩學姊被我剛才那番不知好歹的發問所調動起的情緒，現在似乎已經重新安定下來，她正反過來拍著社長的背。雖然是這種時候，我還是不得不暗想，社長也太沒出息了。

「我們回來了。」

十幾分鐘後，奚以沫領著莊凱推門而入。兩人看上去灰頭土臉的，而且身後沒有跟著任何人。

「找不到嗎？」

「不，找到了。」

「找到了？」

大哥一拍桌子：「在哪兒？找到什麼了，嵩楠，還是車子？」

「嚴格來說，都找到了。」

「那為什麼沒一起回……」

大哥突然住口了。奚以沫好像沒有察覺到他的情緒，依然自顧自地說了下去：「因為壞掉了。嗯，人和車子，都壞掉了……」

其他人都沒能馬上消化掉他這句風涼話的含義。但是，明白內情的莊凱按住了他的肩膀。他用力地將自己連成一片的一字眉擰成一團，嘴巴裡擠出沉重的聲音：「注意分寸。」

隨後，他看向大哥說：「男生，跟我來。女生，先留著。」

大哥沉重地點了點頭。誰也沒見過莊凱如此明顯地表露出怒氣，看來此事非同小可。

「社長，你也留下吧，留個男生以防萬一。馥生，你還能行嗎？我和莊凱去也可以……」

「我沒問題。」

我決定逞一下強。雖然知道肯定又有不好的事情發生了，但我不想被人看成是和社長同一個級別的男人。

我們朝著和剛才完全相反的方向，離開了七星館區域，走進坑坑窪窪的土路。過了幾百米的距離，突然出現一處陡峭的斷崖。負責帶路的莊凱和奚以沫在崖邊站定，示意我們朝下看。我伸出頭一看，突然覺得胃裡翻江倒海，險些直接趴倒在斷崖邊。

崖下是一輛被燒得幾乎只剩骨架的麵包車，從大小上來看，一定就是我們乘坐的那輛了。它不僅經過了焚燒，而且車頭嚴重變形，似乎是一頭栽在了岩石上。最可怕的是，在駕駛座的位置上，明顯能看到有個像是某種生物殘骸的物體……

「在下山路的反方向，一開始我們沒往這裡找，所以花了不少時間。車子已經完全冷下來了，應該是昨天晚上燒的。不幸中的萬幸是，下面基本都是岩石，沒有釀成山火，否則我們就真的危險了……雖然現在也有點危險。還有，我們兩個下去確認過了，怎麼說呢，雖然專業知識不大夠，但從形狀上來看，那應該是人類沒錯。」

「形狀？你觀察了？」

大哥瞪大眼睛，死死盯著奚以沫，後者卻仍是一副無所謂的表情：「是的，我湊得很近，盡力觀察過了。」

他說完，一直在克制的莊凱也忍不住了，轉身扶著樹喘起粗氣來。大哥扭過頭，低聲說了句「實在辛苦你了」，便不再說什麼。

「怎……怎麼樣？出什麼事了？」

回到餐廳時，社長正像一根樁子似地站在那裡，一副努力支撐大局的模樣。雖然他一直是個有些討人厭的傢伙，但這時也顯露出了幾分擔當。

「車子燒掉了，裡面還有具燒焦的屍體——」

「不都說了讓你注意分寸嗎！」

我忍不住吼了一聲。吼完，我自己也吃了一驚。若是在平時，我是絕不會去頂撞其他人的，哪怕是素來言語刻薄的奚以沫，我也不願意冒犯。但今天是怎麼了？突如其來的異常事件，讓我變得不正常了嗎？

「怎麼會……嵩楠也……」

「還不確定那是不是祝嵩楠，我只說那是一具焦屍而已。」

看來我的警告完全沒有起到作用，奚以沫依然我行我素。但經過他這麼一提醒，我順勢掃視了一下餐廳，除了林夢夕和祝嵩楠，其他八人都在。雖然我沒有親自辨認那具屍體，但根據排除法，那應該只能是祝嵩楠才對。奚以沫不至於搞不清楚這一點，幹麼還要故意說些刺激我們的話？

「你，你別說些不明不白的話，除了祝嵩楠，還會是誰？」

社長也質問起來，但他那胸口誇張起伏的樣子，像極了一隻正在虛張聲勢的河豚。

「唔，我說的話有那麼難理解嗎？因為從外觀上難以下結論，所以我不能確定死在車裡的是不是祝嵩楠，僅此而已。你們難道就那麼希望這裡的主人橫死荒山嗎？」

「當然不是那樣！但是，那還會是誰？你數一數，一二三四五六七八，人都在餐廳裡了，就只有祝嵩楠和林夢夕不在，難道你想說那具屍體是一個不相干的人嗎？這裡除了我們，還有誰？」

「這話可不能說死。」奚以沫眨眨眼。「我們不過是坐了一個多小時的車子，就到這裡了，昨天的這個時候，你還在溫暖的家裡吃著早飯吧？那麼你能保證，從昨晚到現在，不可能有一個不認識的人溜進這裡，然後偷走我們的車，一頭撞死在懸崖下？」

他的話不無道理，但用詞實在是太刻意了，簡直像是故意在挑撥我們的神經一樣。

被他這麼一說，蹲在牆角的朱小珠突然跳起來，原本清秀的臉上掛滿眼淚和鼻涕：「不要再說了！我們快點下山吧！」

「說實話，我也很想這麼做啊。但正如我剛才所說的，車子已經被燒毀了嘛。」

「報警，叫員警，報警……」

「那也做不到。齊安民，你剛才試過了吧？」

「試過了。」大哥看著奚以沫，一臉惱火。「打不通。」

「那我們怎麼辦？」

社長張大了嘴，似乎是剛剛才意識到這個嚴重的問題。他身旁的周倩學姊已經起身去安撫朱小珠了。朱小珠在短暫的情緒爆發後，立刻就重新變得軟弱了，此刻正趴在學姊的肩膀上，斷斷續續地抽泣著。

「不知道。我們大概算是被困住了吧。遺憾的是我和祝嵩楠一樣是個路痴，不知道下山該怎麼走。就算知道，步行也比開車要慢多了，而且這一路上還得穿過好幾片林子，遇上野獸也有可能吧？」

大家都看向莊凱。除去祝嵩楠，他應該是唯一認得路的人了。

「莊凱，你行嗎？」

大哥拍了拍莊凱垂在身體側面的手臂。莊凱沉吟了一會兒，緩緩搖頭：「我不確定。太遠了，我來的時候就迷路過一次，我擔心又搞錯方向。而且，確實有野獸……」

「是吧？所以我說，還是順其自然嘛。」奚以沫悠閒地找了把椅子坐下。「我們原本的安排是周日回去，最遲到週一，就該有人意識到不對勁了，到時候自然會有人上山接我們的。兩天以後，只需要待到兩天以後，就沒問題了，『寧停三分，不爭一秒』，我可不想為了爭取那麼點時間而大費周章。」

「說得輕巧……」

我正想反駁他，社長卻先我一步服軟了：「是，是啊。你說得對，是這個道理。意識到出事以後，我爸爸馬上就會派人來救我的。你們安心吧！我爸爸，我爸爸辦事非常快的，非常快！他會把這件事的優先順序排得很高的……」

被他這麼一說，其他人也都沉默了。難道就要我們面對兩具屍體住上兩天？我感到難以理解，但又想不出合適的話來反駁這兩人。本以為剛剛顯露出領導擔當的社長，可以和大家統一戰線，去對抗奚以沫的危言聳聽，沒想到他竟然是第一個放棄思考、投靠他那邊的。我頓時體會到了蜀漢亡國之際，大將軍姜維面對劉禪的無奈：臣等正欲死戰，陛下何故先降？

這時，一直沒有加入討論的秦言婷朝這邊走了過來。她快步走到奚以沫正對面的位置，伸手拉開一把椅子，坐下，整套動作一氣呵成，毫不拖泥帶水。

「奚以沫同學，我也贊同你的說法，等待救援，對於我們這些普通大學生來說，的確是眼下最合理的行動。也就是說，我們八個人，接下來要在這座館裡留守兩天。你認為要達成這個目標，最重要的是什麼呢？」

「食物的話，我早上已經檢查過了，廚房裡有不少罐頭，還都是進口貨，我想大戶人家也是會準備應急口糧的吧。」

「不是食物，」秦言婷撥開搭在肩膀上的側馬尾，用食指點著自己的太陽穴。「是清醒的頭腦和彼此之間的信賴。為了應對突發惡性事件，我們每個人都應該保持冷靜，團結協作，樹立一個共同的目標。然而，這是很困難的，因為大家都是第一次經歷這種事情。所以，我們必須得注意彼此的言辭和行為，避免刺激同伴，進而導致團體內部出現裂痕。你非常聰明，一定能理解我要說什麼吧？」

「完全理解，我們的騎士小姐。妳希望我儘量不要把殘酷的真相就那麼直接呈現給溫室裡的花朵們，讓他們保持那為數不多的理智。我承認，妳說得有道理，我可以努力克制，畢竟我也想安安穩穩地度過這段日子呢。」

「你這渾蛋……」

我捏緊了拳頭。他的每一句話都是在挑釁別人，我無法理解為什麼世界上會有這麼自以為是的人。然而，秦言婷飛快地朝我瞥了一眼，示意我不要衝動。很奇怪，明明在這之前我們幾乎沒有交流，此刻我卻能立即心領神會。

「你能理解就最好不過了。那麼，讓我們和平共處吧。」她從奚以沫的手中奪回話語權，又適時地把它交還給社長。「接下來，鐘智宸社長，我們該如何處理剩下的事情呢？」

「剩下的事情？」社長傻傻地反問。

秦言婷歎了口氣，站起來，走到遠離周倩學姊和朱小珠的位置，低聲對我們說：「有關夢夕同學的問題……總不能一直讓她躺在那裡吧。」

「啊，啊啊！對，對，是的。那個，我們先把她搬回自己的房間裡吧。莊凱，齊安民，余馥生，你們誰願意幫忙？至少要三個人，啊，當然包括我，不過如果你們三個都願意的話，你們三個搬也可以……」

「我可以。」

我快速地回答，莊凱也點了點頭。於是，大哥做了總結：「沒事，就我們三個去吧。」我們其實都看出來了，社長害怕看到屍體。

「那，那就拜託你們了哦！我就和秦言婷在……哎，妳也去？」

「我也去。」

秦言婷丟下這話，比我們還先一步走出了大門。三個男人趕緊小跑步跟上。只見她徑直走到林夢夕陳屍的位置，從口袋裡掏出一臺小小的數碼相機。「喀嚓」「喀嚓」地拍了起來。

「妳在做什麼？」

「拍照。這是我剛剛從學姊那裡借來的相機。有人去世，就得交給員警處理。等到他們開展調查的時候，現場的情況一定很重要，但又不能把夢夕同學就這樣丟著不管。在『破壞現場』和『褻瀆屍體』之間，我們不得不選擇一種罪過，既然大家選擇了前一項，我想這些照片應該多少能起到一點彌補作用。」

「妳……你想得很周到。辛苦妳了。」

「你們幾個才是，辛苦你們出力氣了。待會兒處理好之後，有人願意陪我去看一下被燒毀的車子嗎？我想給那邊也拍幾張。」

「沒問題嗎？這個，那邊的狀況……挺嚴重的……」

「沒事。既然事情已經發生，我們就不能只想著逃避。」

「那就由我帶妳過去吧。妳稍等，我們先搬人。莊凱，你拿這邊，馥生，你過來這裡。」

我在大哥的指揮下托起林夢夕單薄的左肩。她的身體瘦弱而輕盈，仿佛稍微用力就會受傷。為什麼這樣的女孩要遭受這種命運？

「說起來，你們知道她的死因嗎？」

安置好屍體後，我忍不住發問。

「我和奚以沫簡單檢查了一下，應該是腦袋後面被砸了，有凹陷的痕跡。」

「被砸了？會不會是不小心摔倒……」

這話說完，另外兩人都用有些無奈的表情看著我。想來也是。如果是意外摔倒，又該如何解釋那個仿佛被人刻意擺成的姿勢，以及那些木板呢？

「這麼說來，那些木板是哪裡來的？」

「嗯，應該是昨天下午開始在那裡的……你應該還記得吧，天樞館是倉庫，放一些雜物，本來那些木板就是放在裡面的。但是昨天下午，嵩楠帶著社長他們第一次來的時候，好像發現倉庫裡有點受潮，還進了些老鼠，會啃木頭的那種。他擔心東西放壞，就拜託社長幫忙，趁天黑之前把木頭堆在外面晒太陽。社長懶得把木板搬那麼遠，就直接打開窗戶，一根一根丟出來了，然後和周倩學姊一起把木板排成一排，剛好是在西面，晒了一下午。這是昨晚吃飯的時候嵩楠和我說的。」

「當時木頭是排成一排的？」

「對，因為要晒太陽嘛。肯定不是現在這個樣子。對了，學姊好像擺完之後還拍了照片，也許待會兒可以看看。」

「也就是說，是有人故意把屍體和木板擺成這個樣子。這也許有什麼含義呢……」

大哥愣了一下，立刻擠出一個勉強的笑容：「別胡思亂想了，能有什麼含義呢。往好了考慮，沒準夢夕只是出了意外，然後我們中有人把木板……」

他停住了，似乎實在想不出一個合理的解釋來安慰我。不，更多是想安慰自己吧。

今天早上的大哥，看上去真的比平時老成了很多。那一定是因為他正在硬撐，強迫自己去撫慰大家的情緒。

但是，即使再怎麼掩飾，大家心裡其實也都心知肚明。林夢夕死了，不論她的死是他殺還是其他原因，她的屍體都被人用怪異的方式處理了，這一點絕不會錯。藏在這種怪異方式背後的，是赤裸裸的惡意，而我們每個人都能感受到這份惡意。麵包車和第二具屍體的出現，則為惡意的彈藥庫點上了起爆的火花。

任誰都會覺得，七星館裡很可能混入了殺人凶手，只是誰也不願意第一個把這種猜想挑明。

到了午飯時間，沒有人組織用餐，我只好自行去廚房翻找。長方形的鐵盒與圓柱形的玻璃罐，密密麻麻堆滿了架子，看來確實如奚以沫所說，暫時不必擔憂食物問題。其中，有一些食物已經被其他人拿走了，架子上留下一個大大的空，露出金屬質感的牆壁。我挑了幾盒丹麥生產的午餐肉罐頭，又拿了一隻內部漂浮著黃桃的玻璃罐子，把它們一股腦塞進帶來的雙肩包裡。算不上是有營養的午餐，但應該足夠吃飽。

離開的時候，恰好碰見周倩學姊和朱小珠兩個人結伴來取食物。朱小珠看到有人出來。「噫」地叫了一聲，宛如驚弓之鳥。

「不好意思！」

歉。

雖然沒做錯什麼，我還是立刻道歉。學姊一面安撫著朱小珠，一面又反過來向我道

「抱歉啊，這孩子嚇壞了。我們只是來吃東西的。」

「沒關係，我也是一樣。喏。」我拉開雙肩包的拉鍊，展示給她們。「我準備拿回房間吃，萬一有吃剩的就先放著。」

「這主意不錯，你真細心。不過，這裡沒有冰箱，可別放壞了。」

「不會的，別看我這樣，胃口也不小哦。」

我試著開了個玩笑，然而朱小珠還是像看見陌生人的小狗一樣，用警惕的眼神看著我。學姊見狀苦笑道：「小珠有點太疑神疑鬼了，她一直說殺人狂什麼的，擔心有人在食物裡面做手腳……」

「下毒嗎？」話剛說出口我就後悔了——主動說出這種危險的詞語，沒準會進一步降低朱小珠對我的信任度。雖然和她不熟，但我也不想被人誤會。好在她似乎沒有更激烈的反應，我便繼續說下去：「不會的吧。就算真有那種可能……大家各自吃罐頭，也沒辦法下毒啦。」

「有可能的。還是有可能的。日本在昭和年代，就曾經發生過『毒可樂殺人事件』和『固力果投毒事件』，那些罪犯就是用注射器把氰化物注入零食裡，從外包裝上完全看不出……而且，直接在罐頭側面抹毒，也能讓人中毒……噫！不要！我不要吃那種東

西！我不要嘴裡含著苦杏仁味死掉！我最討厭杏仁露了！」

朱小珠低著頭，念咒般快速說出這些話，最後還來了一次小爆發。該怎麼說呢，雖然她現在是情緒最不穩定的一個，但好像平時還挺喜歡看犯罪類電影的？這反應，到底該說她是葉公好龍呢，還是說，她表現出的恐慌，其實是為了「扮演」推理電影裡的受害者，然後入戲太深呢……

「你說得不錯，日本確實發生過這類事件。而且，咱們國家這些年來也有幾件著名的投毒案，最嚴重的南京湯山投毒案足足造成了四十二人死亡，十分慘烈。」

不用回頭，我就知道是誰來了。除了奚以沫，沒有人會在這種場合下若無其事地順勢討論毒殺話題。

「二十世紀九十年代，北京大學和清華大學都發生過投毒案，清華大學的『朱令案』到現在已經過去十多年了，還是懸案一樁。可見，那些腦袋聰明的傢伙，要起陰招來就是危險呀。去年在北京好像還有一起高校投毒案，用的就是你說的注射器。不過，他們都沒有選擇氰化物，而是不約而同地使用了鉈鹽。你們明白為什麼嗎？」

朱小珠竟然理他了：「為什麼？」

「當然是因為對他們來說，鉈鹽比氰化物更容易取得。在推理小說剛剛興起的時候，也就是一個多世紀以前，氰化物還被人們當成殺蟲劑使用，非常容易獲得，所以得到了以克莉絲蒂為代表的作家們的青睞。而在日本頻繁發生投毒案的二十世紀七十年代，氰化物則是電鍍工廠常用的化工原料——似乎現在也還是這樣?總之，對那些凶手而言，只有氰化物觸手可及，他們才會去使用。但高校的學生可就沒有接觸工業廢料的機會了，對他們來說，用來做實驗的鉈鹽要更容易得到。」

「那是對理工科的學生而言吧。我們這裡，大部分人是文科生吧?」

學姊這麼一說，我突然明白了。她是想借由毒藥來源的話題，讓朱小珠打消「食物有毒」的顧慮。可是，這個話題似乎是奚以沫引起的，難道他早就打算好了，在用這種方式安撫朱小珠嗎?我不由得死死盯著他的臉，但他還是那副玩世不恭的表情，什麼也看不出來。

「沒錯，我不否認，除非早有預謀，否則對於這裡的任何人來說，取得毒藥都是十分困難的。當然，這只是針對凶手在我們之中的情況。」

「就算凶手不在我們之中，他要取得毒物也不容易。如果真的有人想把我們都殺了，那只要夜裡放把火就夠了，用不著下毒。」

「『也不容易』這種說法可不嚴密，誰又能說得準呢?我聽網上說，現在就連給小嬰兒吃的奶粉裡，都有可能含有化工原料。保不準，我們每個人都已經吃進了毒藥，再過一百年就會毒發身亡呢。」奚以沫大搖大擺地走向櫃子，抽出一盒午餐肉。「不過，至少現在這些罐頭應該是安全的。我腦海裡有一個假設，能夠證明這一點。」

「什麼假設?」

「我來這裡，是為了告訴你們一件事。你們是最後三個，其他人都已經聽過了。」
「那怎麼不早說！」
如果不是學姊拉住我，我的拳頭沒準已經揮到他的臉上了。
「是什麼事呢？告訴我們吧。」
「不見了。」
「什麼不見了？」
「掛畫。昨天在天璣館二樓的展廳裡，不是擺了六幅掛畫嗎？八陣圖、七擒孟獲、空城計、木牛流馬，還有兩張五丈原的掛畫。我剛才逛到那裡，發現牆上已經空空如也了。」
「全都不見了嗎？」
「倒也不是『全都不見』，還剩下兩幅。不過，它們也不在原來的位置上。」
奚以沫用桌角撬開罐頭，毫不在意地伸出兩根手指，挖出一塊午餐肉，丟進嘴裡大口嚼著。直到這塊肉吃得差不多了，他才繼續開口：「『八陣圖』的掛畫被掛在林夢夕的房間門把手上，『七擒孟獲』的掛畫被丟在了斷崖下麵。」
「『八陣圖』和『七擒孟獲』……」
「沒錯。之前不是搞不清楚那些擺成一圈的木板代表了什麼嗎？現在很清楚了，那是諸葛亮的八陣圖。《三國演義》裡寫，夷陵之戰的時候，諸葛亮用石頭擺成八卦陣，有變幻莫測的神奇能力，堪抵十萬雄兵，敵人一旦進入就難以離開，東吳大將陸遜被困在其中，險些丟掉性命。而平定蠻王孟獲的最後一場戰役裡，孟獲派出三萬藤甲精兵，用油浸泡過的藤甲刀槍不入，卻被諸葛亮用火燒了個精光，三萬人被燒得不成人形，場面慘烈到諸葛亮自己都看不下去，才有後來用饅頭在瀘水祭奠死人魂魄的事情。是不是剛好和這裡發生的兩件事情對應上了？」

「但……誰會做這種事情！」

「今早一片混亂，他們四個去搬屍體以後，人就都散了，誰都可以找時機溜進去偷掛畫，再去現場布置好的。」

「你是說偷掛畫的人在我們之中嗎？」

「還不願意承認嗎？這裡有個殺人凶手，把林夢夕和祝嵩楠殺了，分別比擬成『八陣圖』和『七擒孟獲』的情況，再配上掛畫。當然，我確實不能百分之百斷定這個人在我們之中，但就算他是外人，也一定潛伏在七星館，而且還沒離開。更糟的是，他手裡還有四幅掛畫哦。」

「怎麼會！我，我們還有八個人，難道他還要殺四個人嗎？百分之五十的概率，百分之五十的概率……我不想死啊！」

好不容易安定下來的朱小珠又號啕大哭起來。學姊一面拉住她，一面追問奚以沫：

「那，你說食物裡沒毒，又是什麼意思？難道你知道凶手是誰？」

「怎麼可能，我又不是神仙。我只是沒辦法從剩下的『空城計』『木牛流馬』『七星燈』和『退司馬懿』裡，想像出符合毒殺的場景罷了。如果要毒殺的話，用『七擒孟獲』不是最合適的嗎？畢竟當時蜀軍在南蠻可是遭遇了『啞泉、柔泉、黑泉、滅泉』四大毒泉，吃了不少苦頭呀。」

放在平時，他說的完全不是什麼可信的理由，但此時我們都沉浸在掛畫失竊的打擊中，一時不知道如何反駁。我也隱隱覺得，如果真的有人惡劣到將殺人行為和掛畫相比擬的話，那這個人或許真的不會用下毒這種粗暴的手段殺人……

「反正飯還是要吃的，吃了不一定死，不吃一定會餓死……你們如果還不放心，就趁現在多囤一些罐頭到自己的房間裡去吧。」

奚以沫盤腿坐下，開始專心享用他的午餐。從結果上來說，他確實減輕了我們對毒藥的顧慮，但並不是用好言相勸的方式，而是彷彿我們趴在獨木橋上瞻前顧後的時候，從後面放了一把火。

吃過午飯，我下樓來到餐廳，發現社長、大哥和秦言婷聚在那裡，似乎正在商議什麼事情。

「大家怎麼了？」

「啊，馥生，吃過了？我們在討論掛畫的事情，你聽說了吧？」

大哥拉開身邊的一把椅子，我一邊入座，一邊點頭。

「奚以沫告訴我了。」

「那個渾蛋，真是囉哩囉嗦的，明明我才是社長，他卻不先來告訴我，還說什麼『因為你住得太偏僻了』……」

「沒關係啦，我和學姊她們才是最後知道的。」

「那當然！難道還非得最後一個告訴我，才甘心嗎？」

「別計較這些事情了，鐘智宸社長。現在應該是你像個男人一樣做決定的時候。我們回到剛才的話題吧——要不要搜查房間？」

「搜查房間？」

「沒錯，我們正在商量要不要搜查每個人的房間，看能不能把掛畫找出來。」

「妳也懷疑拿走掛畫的人在我們之中嗎？」

我其實並不感到十分意外。從主動提議拍照的那一刻起，我就意識到，秦言婷是個兼具懷疑精神和行動力的人，她會主動考慮任何可能性，並設法求證。

「往壞了說，是的；但往好了說，這也許能洗清我們所有人的嫌疑。不覺得很合理嗎？」

「齊安民，你怎麼看？」

「我不知道。嗯，我的意思是，我同意搜查房間，但是我懷疑這麼做並沒什麼用。」

「為什麼？」

「如果我是凶手，拿走掛畫以後，我應該也能預料到大家想要搜查房間。所以，我不會直接把掛畫放在房間裡，而是會藏在其他的地方，或者至少做一些偽裝。也就是說，我們不大有希望依靠簡單的搜查來抓住凶手。但是，這就像是美國和蘇聯之間的軍備競賽一樣，比起結果，更重要的是『我做了某事』的過程……即使搜查房間獲得收穫的可能性很小，但也有直接靠這種辦法找出凶手的可能性存在，雖然我不願意相信我們之中有人殺了人。拿三國的典故來做比喻的話，這就像是蜀國大將魏延向諸葛亮進獻的、偷襲魏國首都長安的計策『子午谷奇謀』，儘管成功率非常低，可一旦得手，就能獲得豐厚的回報。」

「這樣啊，你是這樣想的啊。這個，我也贊同的，我也不相信我們當中有人殺了人。可是，搜查房間就意味著要懷疑每一個人吧，你們說，這樣合適嗎？朱小珠那副樣子，你們也都看到了；學姊呢，其實也是在強撐著。這種情況下去搜她們的房間，她們會怎麼想？秦言婷，我們之間最重要的是信賴，這話是妳說的吧？」

「我是說過這話，但信賴不是無條件的。自證清白之後，可以加深我們對彼此的信賴。」

「妳這就是犯了理想主義的毛病。無端遭受懷疑，還讓她們怎麼信任妳？這次通過把自己的房間亮出來，洗清了懷疑，那下次要是被人蒙上不容易洗清的懷疑，該怎麼辦呢？人總會擔心這些事情，人嘛。」
「鐘智宸社長，你也是人，你不要把大家都想得低你一等。」
「哎，我不是這個意思，但辦事也要看實際情況，對不對？」社長似乎已經習慣了現在的氣氛，又拿出自己最熟練的官腔了。「而且，往好了想，掛畫的事情，也許就是惡作劇，不代表之後還會死人。這種惡作劇嘛，很惡劣，當然很惡劣——但也罪不至死，對不對？咱們得辯證地看待。就算在誰的房間裡搜出了掛畫，難道就能直接施以私刑嗎？這樣不好，我們沒有證據，不能說明人家真的殺了人。」
「你為什麼斷定掛畫失竊是惡作劇？」
「這個，也是我剛剛碰巧想到的。祝嵩楠坐的車子，是墜崖之後燒起來的，對不對？那麼有沒有這種可能：祝嵩楠昨晚殺害了林夢夕，害怕之下開車逃逸，結果慌不擇路，摔下了山崖？」
我的心裡「咯噔」一下。這種猜測在我心裡不是沒有產生過，但沒想到會率先從社長嘴裡說出來。
「你不能因為祝嵩楠同學不在這裡，就如此——」
秦言婷說到一半停住了，似乎也想不出該如何反對社長的觀點。就連一直非常擁護祝嵩楠的大哥，這時也只是低著頭，沒有出言反駁。看來大家都和我一樣，早就猜測過這種情況。

「對吧？你們不能否認這種可能吧？我聽奚以沫說了，祝嵩楠他也有點路痴呢，他只會按照既定的路線開車，昨天來這裡的路上，莊凱拐錯了一個彎，他就找不著路了。這說明了什麼呢？說明他對這裡的地形也很不熟悉。那麼，他殺了人，心裡一慌，就有可能開錯方向，把車子開下斷崖，對不對？」

「但怎麼會那麼巧呢？車子是墜毀在下山路的反方向的，也就是搖光館北面的位置，而我們下山的路是在西南面，他這完全是南轅北轍不是嗎？」我提出了自己的疑問。「如果一個人迷了路，肯定會找地圖來看，下山找不到方向，他也應該先設法明確方向，比如拿指南針看一下之類的，怎麼會隨便朝一個方向就悶頭開呢？」

「余馥生，你這個問題問得好。對，我就是因為注意到了這一點，才確信祝嵩楠是自己搞錯了開車的方向。來來來，我畫給你看。」他用手指在桌面上比畫著。「搖光館，開陽館，玉衡館，這三座館是連成這麼一條折線，對不對？然後，這是天樞館、天璿館和天璣館……」

「啊！」

我盯著他那肥短的手指，突然明白了。

「明白了嗎？看吧，很好懂吧？」

社長得意揚揚地指點著。

「北邊的三座館和南邊的三座在形狀上其實是非常相似的。而下山路是在西南面，從那裡下山的話，左手邊看到的景象，和在開陽館右側看到的景象幾乎是一樣的，甚至連煙囪的位置都差不多！我不知道這種巧合是無意形成的，還是建築師有意為之，畢竟很多愛風水的老頭都講究中心對稱嘛。總之，如果要下山，那麼朝北走和朝南走，其實是差不多的。

「而且啊，我還有一項證據。北斗七星這個東西，我們的祖先一直很重視，它最重要的功能嘛，就是為人們指明北極星的位置，從而判別方向。在天文學上，將天璿星和天樞星連起來，延長線就會指向北方。而在七星館裡，存在一個矛盾，代表這兩顆星星的天璿館和天樞館，它們的連線確實指向下山的方向，但卻不是北方，而是東南方向；而另一頭，開陽館和搖光館的方向，倒剛好指向北方。所以，如果祝嵩楠是路痴，對下山的路只有一個模糊的印象，記得是和北極星相同的方位的話，那他就很可能在使用了指南針之後，把延長線指向北方的兩座館當成路標，朝那個方向走了……」

「但為什麼會這樣？前任館主不是一個非常看重風水的人嗎？為什麼他不讓天璿館和天樞館像真正的北斗七星一樣指著北方？」

「我猜還是因為風水。根據民間傳統，睡覺是不能頭朝北睡的，因為只有墓穴裡的死人才會頭朝北。七星館的整體形狀就是北斗七星，而天璿館和天樞館所指的方向，就相當於七星館的『頭』。作為用來居住的宅邸，『頭』朝北，對前任館主而言是忌諱吧。」

「很有趣的觀點，可惜不對。」

眼看連我也快要被說服了，神出鬼沒的奚以沫突然冒了出來。他一邊旁若無人地用小指的指甲摳著牙齒，一邊從樓梯上款款走來。

「不對？你，你說什麼不對，你說哪裡不對？」

社長看起來氣急敗壞，幾秒前的他就像一個充滿了氣的大皮球，此刻卻被奚以沫用剔過牙齒的牙籤順手紮破了。

「你忽略了一個重要的前提，那就是人類並不會只依靠東南西北來辨別方位。在北側的路和西南側的路之間，存在著一個最本質的區別，而只要祝嵩楠是正常人，都會用那個區別來判別道路——就是那片池塘。」

原來如此！確實，如果走北面的路，一定會注意到那裡有個池塘，而下山的那條路是見不到池塘的。這樣一來，他就會意識到自己走錯路了。

「這……這也不好說！也許他殺完人，匆忙之下沒注意到左側的池塘呢？而且晚上天那麼黑，看不見池塘也有可能！」

「那是不可能的，因為根據七星館的設計，昨晚點起每座館三層的燈室以後，煙囪上的LED燈要亮上九個小時，光線足以讓他注意到池塘。而且，還有一件事你大概不知道吧——祝嵩楠曾經親口說過，他在下山的時候會把『有沒有池塘』當成判別方向的依據。這是昨天我們坐第二班車上山迷路，他和莊凱下車查看道路的時候，回頭告訴我們的。」

竟然還有這種事。大概是在我在車上睡著的時候提到的吧。

「祝嵩楠不可能會在逃亡的時候自己開車撞下懸崖，因為他一定會下意識地看一眼池塘在不在。要麼，他是被人殺害後偽裝成那個樣子的；要麼，那具屍體就不是他。」

奚以沫淡淡地做出總結。我居然有些佩服這個討人厭的傢伙了。他能夠立刻指出池塘的問題，可見早在社長之前，他就先一步發現了七星館形狀上的對稱之處，然後又自己在心裡推翻了衍生的推理。

反觀社長，完全變成了鬥敗的公雞，緊緊咬著嘴唇坐在那裡，一句話也說不出來。

「真是漂亮的推理，奚以沫同學。那麼，你支援搜查房間嗎？」

秦言婷立刻將話題拉回來。這時我才意識到，剛才社長提出這段推理，就是為了把話題從搜查房間上引開。為什麼他要這麼做，難道最不願意被搜查房間的，其實是他自己？

「不支持。」

奚以沫毫不猶豫地回答。

「為什麼？」

「因為我不想被人搜房間。就這麼簡單。」

「這可算不上理由。」

「算不上嗎？我覺得很充分了。要不要做一件事情，看的並不是它是否正確，而是它是否能滿足自己的需要。我並不需要搜查別人的房間，也沒有暴露自己房間的癖好。」

「找出凶手難道不是我們所有人共同的需要嗎？」

「『所有人』？至少不包括我。」

「你不要騙人了，你明明連祝嵩楠是不是意外身亡的問題都考慮過了，其實你也在思考誰是凶手吧？」

「那只是我為了打發時間做的事，或者說是一種遊戲。而且，如果妳非得定義一個『所有人共同的需求』的話，那也不是『找出凶手』，而是『存活下來』才對。如果你們真覺得還會有惡性事件發生的話，難道不是應該對其他人更加戒備嗎？自己的房間可是唯一安全的地方，死守那裡、不讓其他人進入，才是上策。」

「嘖。」

秦言婷放棄了對抗。

最終，大家還是沒有搜查房間。我不確定自己該不該聽信奚以沫的說法，但他確實讓我的內心產生了動搖——我相信其他人也是一樣的。這麼一來，搜查房間就無法進行了，因為這件事關係到每一個人，必須要得到足夠堅定的支持，否則就不可能順利開展。

大家依然是各自行動，我回到房間裡，繼續寫部落格。這一天發生了太多事，看著昨晚大家一起玩鬧的記錄，我不由得心生悲戚。

如果可以連上網路就好了。和員警取得聯繫，我們就能立刻離開這裡。以前的人沒有網路，是怎麼應對這種情況的呢？在海上的話，可能會使用漂流瓶，陸地上則是派出信鴿——可我們沒有信鴿。我們總是依賴現代文明的成果，當它們失靈的時候，就會不知所措。

不過，就算我現在能把這篇文章發上網，又能怎麼樣呢？看到這篇文的人，是會立即趕來幫助我們，還是會把這當成一個故事，隨意品讀呢？就像「正龍拍虎」一樣，日漸發達的資訊系統，使得每個人都獲得了發布資訊的權利，那麼虛假的雜音自然會越來越多。經由這種真真假假的洗禮，以後的人們只會被訓練得越來越冷血吧。他們會變得難以信任別人，認為別人遇到的好事是吹牛，別人遇到的壞事是欺詐；而自己需要幫助的時候，又開始極力吶喊，努力強調自己的客觀性和真實性。所以大家才會拒絕別人搜查自己的房間，因為他們都相信自己不會被殺，而其他人則可能在侵入這片領地時不懷好意。前段時間，有個叫彭宇的人，在馬路上扶起了摔倒的老太太，卻因此被誣告成撞倒老太太的人，必須支付巨額醫藥費。在這樣的宣傳之下，人們只會越來越自私，而不去考慮自己以外的人是死是活。

我就這樣整理著這些胡思亂想，熬過了這個難熬的週六。

晚飯依然是各自取罐頭。考慮到之後還得撐一天，我決定在還有選擇權的時候，盡可能充分地休息。但這時又發生了一件怪事。我房間的窗戶正對著樹林，就在我把手伸向窗簾的時候，突然看見一道淡紫色的光從那裡隱隱亮起。我眨了一下眼睛，那道光就像薄霧般悄無聲息地散去了。這是一種有些奇妙的感覺——儘管我沒能看到它消失的瞬間，但還是能隱約感覺到它在空氣中彌散的波動。

有那麼一會兒，我以為那是自己的幻覺。我是個很健忘的人，在我的印象裡，自己基本上每個禮拜都會做幾次夢，可是每次在睡醒之後的幾分鐘內，夢裡的事情就會像掉入水中的鹽巴塊一樣，飛快地溶解消散掉，一點兒痕跡也找不到。但是，唯獨對夢的印象我不會忘掉，那是個暢快的好夢、恐怖的噩夢，還是具有啟示的預知夢，這些想法，我能記得個大概。我不知道有沒有人擁有和我同樣的毛病，但總之，拜此所賜，每次忘記夢的內容，我都會很懊惱——如果完全不知道忘了什麼倒還好，偏偏知道那是個好夢。

可是這次我沒有忘。只在一瞬間目擊到的光線，竟然一直在腦海裡保持著固定的形態，沒有馬上消失。直覺告訴我，外面可能真的有什麼東西。

反正還沒換上睡衣，出去看一趟也不費事吧。我離開房間，經過天璣館和天權館，繞了一大圈，才趕到窗口對著的位置。地面上能明顯地看出一條黃土和綠草的分界線，應該是興建七星館的時候，工人把這一片的樹都給砍掉，又仔細地割了草的緣故。換作是我，應該會順便鋪上石磚的，不知為何前任館主沒有這麼做。

以這條線為邊界，另一頭有一大片樹林，叫不出名字的喬木一棵棵立著，彼此之間

人接受，但本質上依然是為了滿足自身感性的需求。」她微微低下頭。「是的，我也是在找藉口，但現在我可以明說了。我主張調查，是因為『我想知道真相』，這種念頭比告慰被殺害的朋友的念頭還要強烈。」

「這算不上藉口吧，想知道真相也是人之常情。而且，妳並沒有漠視生命吧，最先提出安置林夢夕屍體的人不也是妳嗎？」

「但『想知道真相』的說法不具備實用性。如果把這種冠冕堂皇的理由擺出來，一定不會被其他人採納的。所以我才羨慕你這種思考方式啊。」

秦言婷歎了口氣。我感覺當我提到林夢夕的事情時，她稍微別過了一下腦袋，似乎對我提起這件事覺得有點不知所措。這下我更確信她並非放任自己欲望的人，對死亡也有基本的敬畏——這可比把死人說成「遊戲」的奚以沫要了不起多了。

「但是我也必須給你一些忠告。直腸子是好人的特徵，但好人往往不長命。你應該更加戒備一點。」

說完，秦言婷突然把藏在身側的右手舉了起來。一道寒光從她的指尖劃出。

「欸？妳，妳這是……」

我被她毫無徵兆掏出匕首的動作嚇了一大跳。

「請不要擔心，我不是要襲擊你。我並不比外表強悍多少，如果我真的想攻擊你的話，除非突然襲擊，否則大概是沒有勝算的。」她晃了一下匕首，立刻又收了起來。「我只是想提醒你，最好準備一些防身的手段。剛才不是說我正在觀察池塘嗎？因為我意識到，地下水可能是個獲取飲用水的良好途徑，畢竟七星館裡沒有儲備純淨水。」

「這……這和防身有什麼關係？而且，沒有純淨水，可以燒啊，我們這兩天不都是自己燒水喝的嗎？」

「是啊，『我們』都是這樣的，因為對我們來說，使用熱水壺是很平常的事情，不需要躲藏。但是，如果除了『我們』之外，還有其他人呢？」

「你的意思是……」

「罐頭少了。今天中午，我感覺廚房裡的罐頭消耗得似乎有點快，就特意留意了一下。除去中午就開始在房間裡囤罐頭的朱小珠，剩下七個人，晚飯前從廚房裡拿出來的罐頭，加起來有十二個。但是，等到睡前我再去看的時候，廚房裡的罐頭又少了三個。你明白我的意思吧？有人偷吃了罐頭，不過他沒辦法當著我們的面煮開水，所以我才到池塘這裡來觀察。」

秦言婷下了結論：

「七星館裡，現在可能有第九個人。」

五　梁木

「還能上八個人！還能上八個人！」

公車司機扯著嗓子喊起來。剛剛從動車站出來的白越隙，慌忙三步並作兩步跑向公車。

「戴上口罩！」

司機是個看上去二十多歲的小夥子，剃著寸頭，身材健碩，從肩膀到腰形成一個倒著的梯形。他見到白越隙沒有戴口罩，立即不客氣地出聲數落。白越隙只得一面道歉，一面摸出剛剛摘下的口罩，小心地戴回臉上，這才被允許上車。

在投幣箱和刷卡機邊上，貼著這班公車接受的支付方式，其中，大大的「支付寶」圖示赫然在列。白越隙熟練地解鎖智慧手機，打開「支付寶」App，將自己專屬的付款碼調出來，朝著公車上的設備一晃。手機發出輕微的震動，昭示著付款完成。

但是，司機還是不讓他就座。

「健康碼出示一下。」

「哪個健康碼？」

「浙江省的。你去支付寶裡找，小程式嘛。」

白越隙一面狼狽地重新打開剛剛關閉的「支付寶」，一面在心裡鬆了口氣——還好不用下載一個新的手機應用，不然自己的手機儲存空間就要告急了。不久前，他剛剛在市里防控疫情的要求下，裝了本省開發的政務App——輸入身分證號碼等一系列資訊後，那上面就會生成一個屬於他的「健康碼」。綠色狀態的「健康碼」被人們稱為「綠碼」，是此人沒有新冠病毒攜帶嫌疑的證明，出入各種公共場所時都必須出示，對白越隙來說主要是用來進圖書館。

然而，一個省的「綠碼」只能管一個省，去了別的省份，又得申請那個省的「綠碼」。他不由得心生厭煩：反正要做的事情都差不多，又是網路平臺管理，為什麼不能全國統一呢？他不知道的是，在各省的「綠碼」之上，確實還有一個全國通用的「綠碼」——只不過，在各地實際執行政策的過程中，標準總是變幻莫測的，有的地方工作人員認這個「碼」，有的認那個「碼」。現在的社會運行，已經離不開這無數的「碼」了。

用「支付寶」內置的搜索功能找了好久，才找到指定的小程式。白越隙花了好長時間把姓名、身分證號碼等資料登錄手機，然而緊接著，系統又要求他填寫在浙江期間暫住的位址。旅館是朋友幫忙預訂的，他自己根本不知道地址在哪，只得將「支付寶」切到後臺運行，打開「微信」諮詢朋友。沒想到，問到位址，重新點開「支付寶」，頁面竟然刷新了，之前填的資訊全都化為烏有。

他又急又氣，又偷偷看了司機一眼。對方早就沒在看他這邊了，只是自顧自專心開他的車——早在幾分鐘前，他就把車子發動了。既然都已經在乘車了，還有什麼確認「綠碼」的必要嗎？白越隙很想這麼說，但他也明白，司機這麼做其實是給乘客行了個方便。既然如此，自己就更應該儘快搞定手機裡的小程式，不給其他人的工作和生活添麻煩。

他強忍著暈眩，努力完成了認證。螢幕上顯示出代表健康的綠色，他開心地出示給司機看。專注於駕駛的司機連頭都沒有扭一下，就「嗯」了一聲，表示他已經過了這關。

這下可算安心了。他放心地往車子的後半部分挪。車上擠滿了灰頭土臉、拎著大包小包的乘客，都是剛剛從動車站出來的。白越隙雖然只帶了一個扁扁的雙肩包，但在這滿是障礙物的公車上，還是很難找到容身之處。擠了好一會兒，他才成功抓住了黃色的扶手。

五個多小時的動車旅途，對於很少出遠門的他來說已經是一種折磨了；而素來暈車的毛病，在方才操作了半天手機之後，來得更加洶湧。他向朋友報了平安，然後收好手機，依靠抓在扶手上的左手支撐身體。想到車內實在擁擠，他又把左邊褲子口袋裡的身分證挪到了右側，和手機放在一起，然後維持右手插口袋的姿勢，以防遭竊。做完這一切，終於可以閉目養神了。

一小時後，公車在白越隙的目的地停下了。他跳下車，花了好幾分鐘調整呼吸，暈眩感才逐漸消退。此時已經下午兩點鐘了，他在路邊找了家小吃店解決午飯。那家店的牛肉粉絲有很重的膻味，前幾口很美味，吃到最後就變成了折磨，結果剩下了小半碗沒吃。

這趟浙江之行，對他來說有兩個目的。出發之前，他用搜尋引擎檢索出事的「紫山國際」，發現最後能查到的記錄就是於二〇一五年五月發生的許遠文墜樓事件了。由此可見，出了人命以後。「紫山國際」項目多半被擱置了。往前檢索，可以得知。「紫山國際」隸屬於一家名叫「南陽房產」的房地產公司，是後者計畫建造的中檔社區。若是放在十年前，這種名字裡帶「國際」的樓盤，會給人一種非常高端的感覺；但自從給樓盤和社區起「洋名字」的風氣興起以來，現在這類叫法早已是遍地走，光是一座二線城市裡，可能就有三個「西雅圖」、兩個「聖地牙哥」。

不出意外的話，許遠文離家這些年，應該就是在南陽房產任職。白越隙的調查方向也就從這兩方面入手：一是調查南陽房產，二是調查「紫山國際」的墜樓案。

南陽房產是浙江省本地的企業，他已經委託了身在當地的那位朋友幫忙；而墜樓案，考慮到涉及人命的事情畢竟不是一般人願意摻和的，就只能自己想辦法了。

在地圖軟體上，查不到「紫山國際」的位置，這進一步證實了白越隙的猜想。「紫山國際」最終沒有落成。但是在許遠文墜樓的報導裡，記者非常貼心地注明了街道地址，以及案發地點對面的「來福KTV」這個地名。如今，這家KTV還在營業，沒準會有五年前就在那裡工作的員工，也就是目擊者存在。

他打開GPS定位，地圖軟體為他規劃好了步行路線，只需十五分鐘就能走到，邊上還貼心地備註著「將會燃燒82卡路里」。對此他置之一笑——天天燃燒卡路里，自己的臉還是照樣圓潤。

出乎意料的是，時隔五年，來福KTV的對面還在施工。紙板做成的圍牆將工地和馬路隔開，能看見挖掘機黃色的機械臂懸在半空中。圍牆上畫著身穿旗袍的卡通人物形象，還有告誡行人遵守交通規則的宣傳標語：「等一等就安全了，讓一讓就過去了，忍一忍就和諧了。」圍牆裡，時不時可以聽見「丁零匡啷」的敲擊聲，不知道在做什麼。

按照五年前的新聞。「紫山國際」應該已經把毛坯房都建好了。但這片工地上，此時根本不存在比圍牆更高的建築物。也就是說，當年的毛坯房不僅僅是被閒置了，甚至已經被推倒了。這多少讓白越隙有些沮喪。雖然他並不能斷定許遠文的案件背後有沒有陰謀，但既然聽說員警是因為「現場是密室」而排除他殺嫌疑的，身為半個推理小說家，總會萌生一探究竟的念頭。可是，如今現場已經塵歸塵、土歸土，這個願望也無法實現了。

他只得按計劃，先去來福KTV。這家KTV的門面不小，正門口像宮殿一樣立著兩根柱子，金黃色的油漆現在已經掉色成了暗黃色，看上去更加土氣。柱子上方，則是用大紅色和淺綠色的霓虹燈管，扭成「來福ＫＴＶ」幾個大字，還有一支大大的麥克風。也許是為了省電，白天沒有點亮燈管，整個招牌因此顯得十分黯淡。

他戴上口罩，走進ＫＴＶ。偌大的一樓只有一位工作人員坐在櫃檯後，看上去非常冷清。在櫃檯對面，擺著兩隻配色鮮豔的抓娃娃機，裡面擺滿了吐出舌頭、長相驚悚的玩具狗。

「開一間小包。」

他一邊說，一邊看了眼放在櫃檯上的套餐表。工作日，下午六點以前，小包間，三小時六十元。有點貴——他皺起眉頭。

「健康碼。」

前臺的態度實在說不上好。白越隙愈發不快了，但為了調查，這些不快還是必須壓下。

他打開「支付寶」，再度調出「綠碼」。前臺飛快地掃了一眼，然後指了指擺在邊上的消毒液：「請您消毒一下雙手再進去，另外要記得戴好口罩。」

白越隙擠了點消毒液，手上傳來類似於碰到酒精時的奇妙感覺：剛碰到的瞬間有輕微的灼燒感，隨後立馬因為蒸發作用而變得涼爽起來。他像洗手一樣，把消毒液均勻地抹在手心和手背，並用力摩擦著。在這期間，前臺始終在電腦鍵盤上劈裡啪啦地敲個不停。

「我掃您。」

末了，她舉起掃碼槍，在白越隙的「支付寶」付款碼上晃了一下，發出「嘀」的一聲。六十塊錢沒了。

「您上二樓，A05號房。電梯在那裡。」

直到這時，前臺才用有些好奇的目光打量了白越隙一眼。工作日下午獨自一人來KTV開包廂的奇怪男人——對方可能正在這樣想吧。

包廂還算寬敞，雖然套餐表上寫著「1-4人」，但實際上如果願意擠一擠的話，六個人應該也坐得下。不過，那就像一家三口去家庭餐廳買雙人套餐一樣，在白越隙看來是非常丟人的行為。尚未點歌的螢幕上，正放著那首全國通用的公益歌曲：「拒絕黃，拒絕賭，拒絕黃賭毒……」

白越隙按響了服務按鈕。不一會兒，門開了，一個穿著白色工作服的男人探進頭來。他也戴著口罩，下巴很短，看上去仿佛和脖子連成了一片，頭髮梳成四六分，偏棕的發色不知是刻意染過，還是天生如此。

「您好，請問有什麼需要嗎？」

如果說前臺冷若冰霜，那這位就是熱情似火——白越隙對他的印象立刻好了起來。

他脫口而出：「能不能陪陪我？」

「嗯？」男人瞪圓了眼睛。「不好意思，先生，我們這邊……嗯……晚上才有，晚上六點以後，她們才來上班，而且現在是頂風作案，回來的人也不多……」

「我不要公主，你就可以了。」

「嗯——」

他把音調拖得很長。

「不好意思，先生，這，我，我不做這個的。」

他邊說邊用手撥弄了一下頭髮，似乎正在評估自己的長相。

「你放心吧，我不是那個意思。」

白越隙從背包側面的口袋裡摸出一張名片來。從小到大，除了自己，他沒見過第二個使用名片的人。這可能是因為他尚未大學畢業，接觸不到那麼正式而商業化的社交場合。不過，自從開始在謬爾德手下做事，他就專門設計和列印了一遝名片，為的就是在這種場合下可以節約時間。

「你瞧，我是做這個的。」

男人戰戰兢兢地接過名片。

「您是……作家？」

「勉強算是。」

多數情況下，白越隙不會主動宣稱自己是「作家」，這個詞讓他覺得沉甸甸的。但眼下為了引起對方的興趣，不能太謙虛。

「我正在以全國各地未解的懸案為題材撰寫小說，因此四處走訪積累素材。請問，你在這裡工作多長時間了？」

「我……我是新來的。」

「這樣啊。」

令人失望。這人看上去至少也快三十歲了，居然不是老員工。

「沒關係，那你是本地人嗎？」

「我是。」

「你聽說過『紫山國際』嗎，大概二〇一五年的時候，在這家KTV對面的樓盤？」

「我明白了。」男人突然沉下臉。「您是想問五年前的墜樓案吧？」

「欸？嗯，確實是，確實是沒錯。你怎麼記得這麼清楚？」

男人不回話，只是默默走進包廂裡。

「您剛才說希望我能陪陪您，是吧？沒問題，我可以。」

他順手將門關上，然後認真地整理起自己的衣領。

「嗯？」

白越隙感覺氣氛有些不對。單從字面意思上來看，對方好像是接受了採訪。但他已經失去了剛打開門時那副畢恭畢敬的態度，充滿氣勢地挺起胸膛，像變了個人似的。

「我坐這裡可以吧？」

「啊……可以的，不過不用很長時間，或者如果你還有工作的話，下班之後我再來找你也行……」

「不用了，您看這裡不是很閒嘛，工作日加上疫情，根本沒有生意。」

男人反客為主地湊到白越隙身邊，有那麼一瞬間，白越隙還以為他是想伸手抓自己的衣領。難道剛才說的話惹怒這個男人了？他慌張地想要閃躲，卻發現男人的手徑直朝著牆上點歌用的觸控式螢幕伸去。他熟練地點擊了幾下，混雜著蟲鳴和吉他聲的前奏隨之響起。

他拿起桌上的麥克風，輕輕吹了一口氣。包廂裡頓時迴響著拍打西瓜似的聲音。

「對這個世界如果你有太多的抱怨……跌倒了就不敢繼續往前走……」

男人旁若無人地唱了起來。白越隙傻乎乎地看著他。這算什麼意思？該給他鼓掌嗎，還是應該切掉音樂，讓他好好說話？

猶豫之際，男人已經把第一段副歌唱完了。接著，他把麥克風遞給白越隙。見白越隙不接，他皺起眉頭：「不會唱嗎？」

「大致聽過幾次……」

「真稀奇。很少見到不會唱這個的人。」

他撇下麥克風，任由伴奏自己放下去。

「上個禮拜，大概淩晨的時候吧，有一夥小年輕發酒瘋，亂按服務鈴，剛好是我去應的門。他們就把我拖進去，要我唱他們點的歌。我根本不會唱，他們就鬧起來，把我的制服都給扯破了。老闆不報銷，我就穿著自己的襯衫來上班。現在的小孩子，聽的都是些什麼亂七八糟的，歌手的名字都要六個字那麼長。而且，要嗓子沒嗓子，要曲子也沒曲子。還是周杰倫的歌經典，您說是吧？」

白越隙不明白男人想說什麼。在他念小學的時候，周杰倫橫空出世，還沒越過輿論的風口浪尖，他時不時能聽到身邊人看不起這位日後流行天王的發言——「吐字不清」「不算音樂」……而等到爭議過去之後，白越隙上了初中，那時身邊人聽得最多的已經不再是周杰倫。他從未趕上過這個人的時代，因此也就很難理解男人的抱怨。而那些聽著新一代口水歌的年輕小夥，或許多年後也會像這個男人一樣感歎：「還是我們那一代經典。」

他覺得如果把這些念頭如實說出來，一定會招人反感。可男人卻先他一步說了出來：「我看您的表情就明白了，您和我也不是一個時代的人吧。沒辦法，我這個人，就是總趕不上合適的時代。我大學是土木工程專業畢業的。您不是想問『紫山國際』的事情嗎?當年，我就在那片工地上。」

「你是當事人？」

這可真是撿到寶了，白越隙的聲調飄揚起來。

「報警的就是我。」

男人再次將手伸向觸控式螢幕，又點了幾首歌，順便將播放模式從「伴奏」切換到「原唱」。悠揚的歌聲緩緩從兩人之間飄過。

「在媒體眼裡，這算不上什麼大案子，所以甚至沒有記者採訪過我。員警把我拉到公安局裡，問了一堆問題，然後就放我回來了。但這事害我丟掉了工作。作家先生，我可什麼都沒做！出事那天，我只不過是像剛才一樣，戴著耳機在聽周杰倫的歌而已。今天是老天趕巧，讓我倆湊到一對，您竟然會把家屬都不追究的案子稱作『懸案』，難道是有什麼根據嗎？還是說，您只是單純想借題發揮，從這件事裡挖一些能用的素材出來？要是這樣，那您可就找對人了，我可以告訴您一些比跳樓還要殘酷得多的事情，因為那一行根本就不是人幹的！」

他帶著怨氣說完這一段，伸手拉下白色的口罩，露出鬍子拉碴的臉龐。

「我當年讀書也不算太差，念了個『211』的土木，大概十年前畢的業。在學校，啥都教，施工、製圖，然後就是各種力學，理論力學、結構力學、材料力學……反正現在我都忘光了，忘得一乾二淨。根本都用不上，畢業以後上了工地，和我一起的，有大學學管理的，有學航空的，甚至有學美術的！不管學啥，全都從頭開始學，念的那點書全都用不上，大家一起搬磚打灰。一個月幾千塊吧。往前二三十年，做這行的也是一個月幾千塊，但那是二三十年前的幾千塊呢！那時候咱們正在發展期，需求量大，我們那行就是爺爺，給的錢多，還有分紅，還容易升職……我就是聽我爸媽這麼說，信了，才一頭紮進去學這個專業的。可是出來之後呢？以為進了大企業，結果每天灰頭土臉的，從早上六點幹到淩晨下班，有家都回不去。換來了什麼？還不是被許遠文那種人踩在頭上……」

「你說的許遠文，就是後來墜樓去世的那位建築師許遠文嗎？」

「建築師？啊，您聽誰說的？」男人歪起嘴角。「什麼叫建築師？那是考資格證的時候用的說法。姓許的他就是個幹施工的。簡單說，就是看圖紙啦，分配任務啦，監督調度啦，向上面彙報啦……這些個事情。他是空降到我這組來的，據說是前任總裁的女婿。」

「總裁的女婿！」

白越隙倒抽一口氣。這是一條嶄新的線索。離家出走的那些年裡，許遠文娶了某處的總裁千金，然後當上了施工專案的負責人嗎？

「你說的總裁，指的是南陽房產嗎？」

「嗯。不然還有哪個？不過前任總裁在我入職以前就死了，據說他老婆也死了。說到底，『紫山國際』並不是什麼大項目，丟給他做也沒多少油水。不過，瘦死的駱駝比馬大嘛，他辭職好幾年，回來之後也照樣能直接當我們的老大。」

「油水指的是……」

「那可多了。監督調度，能沒幾斤油水嘛。」

「許遠文是貪汙犯？」

「沒到那個程度。不過，有時候自然而然地就得做點什麼。地球上不是有個叫『水迴圈』的東西嗎？海裡的水分蒸發到天上，變成雲，再下場雨回到地上。設計、施工、質檢……這些地方，往往也得有點迴圈，整個機體才能運作得更快。您明白是什麼意思吧？」

「嗯……但這也太，那個，不好了吧？萬一出了事故……」

見白越隙有些不願接受，那人又立刻補充道：「不是您想的那種事，您是不是想到『豆腐渣工程』那兒去了？不是那個，我們不至於蓋會倒的房子。我剛開始幹的時候，有個老師傅和我說過，九十年代的時候，偷一根鋼筋就能判死刑哩！現在雖然量刑輕了，但真要是被逮到了，也是要往死裡罰的。再說現在這年頭，生產力上去了，要賺錢，辦法有的是，用不著非得偷偷摸摸用點劣質材料，您說是不是？我指的撈油水，那也都是從一些無傷大雅的地方撈，比如說，改個合同啦，換個施工隊啦……」

男人嘴上在替別人說話，語氣卻是非常輕蔑，似乎是在反諷。此時，KTV的大螢幕剛好播放到《龍戰騎士》，他順勢跟著「鏽跡斑斑的眼淚」這句哼了起來。

「我可沒有專門挑死人說壞話，許遠文還是比較守規矩的，只是幹該幹的事。說實話，比起其他施工，他算是不錯的了，對底下的人也都挺好，有時候還會請大家吃夜宵。但我就是看不慣他，因為他的身分，憑什麼他靠著前任總裁女婿的身分和當年留下的人脈，就能說回來就回來，還能當個小頭目呢？實話說，我就是不喜歡這一點。您可能覺得我眼紅別人，但我確實眼紅呀！我好歹也是個『211』出來的呀，您知道我幹的是什麼活嗎？以前的房子蓋不好，一是沒錢，二是沒時間。現在錢不缺了，是因為富裕了；時間也不缺了，卻是因為這幫人變得會使喚人了，能叫我一天二十個小時釘死在工地上……」

他重重地敲了一下桌子。

「本來，就算不出這件事，我也差不多準備提上桶跑路，辭職不幹了。但是偏偏許遠文在那個時候被人咒死了。」

「咒死？他不是墜樓死的嗎？」

「一個人好端端的為什麼墜樓？對了，您就是為這個來的吧。那我跟您說說。」

男人湊近白越隙，想了想，伸手把口罩戴正了。

「員警說他是自殺，因為當時沒人能接近他在的四樓。這是事實，我可以做證，因為那天我就坐在三樓到四樓的樓梯口。當時午間休息，難得能喘口氣，我在樓梯上坐著，用隨身聽聽歌。許遠文從我邊上走過去，上了四樓，他懂得享受，在那兒支了把帶靠背的椅子，每天中午來不及走的時候，就去那兒打盹。除了我倆，那天還有兩個工人，一個在一樓，一個在三樓，反正都沒上去。午休時間快結束的時候，突然聽見『匡』的一聲，好響，連我戴著耳機都聽見了。但是工地上嘛，有點響聲很正常，我本來沒去留意，是一樓那小子大喊大叫起來，我下去一看，才發現許遠文掉下來了，整個人趴在地上，當時看上去就不行了。我叫了救護車，報了警，和員警一說，他們就都認定是自殺。因為當時那個情況，不可能是他殺嘛。」

「原來如此。不過，為什麼員警排除了意外的可能性呢？他也許是失足墜落的。」

「不可能，因為他掉下來的那個房間，窗臺還挺高的，一般來說沒那麼容易掉下去。而且，員警發現他用來休息的椅子翻倒在門邊，還有一段大跨步的腳印通向窗臺。他們推測，這人是從椅子上站起來之後，直直地朝窗臺走過去，然後跳下去的。意外當然不會這麼有目的性，對吧？不過，沒有動機的人當然不會好端端去自殺，所以員警說得也不對。許遠文他就是被咒死的，那房子裡有鬼，給他下了咒，逼他跳樓。『紫山國際』本來就是個有問題的地方，所以開發計畫才會停滯。」

「你這麼說，是否有什麼根據……」

「我當然有！」

男人突然煩躁起來。這是他第一次表現出著急的情緒。

「就在墜樓那件事的一個禮拜以前，工地上剛剛出了一件怪事。那天下午，差不多也是午休快結束的時候，和墜樓的時間差不多！有個十多歲的小孩，大概是附近居民的孩子吧，不知道怎麼搞的，溜進工地裡來了。真的是熊孩子！可是，居然沒有一個人看見那個孩子進來的樣子。您說奇怪不奇怪？」

「唔，我沒有聽懂你的意思，你是說你看不見小孩子……」

「不是我看不見。當時我不在，我出去偷懶了，回來之後才聽說的。同樣是在許遠文墜樓的那棟樓，他和另一個工人，倆人在樓裡，也是一個在樓上、一個在樓下。不知道什麼時候，那個小孩子跑了進來，但許遠文和那個工人都完全沒有發現。直到我回來，上樓準備開工的時候，才發現樓上藏了個孩子。這得多危險！差點就釀成大禍了。我立刻把孩子趕出去，順便質問那兩個人為什麼讓小孩溜進來，結果兩個人都說，根本沒看見小孩子進來。」

「也許是他們兩個恰好都看漏了。」

「我也是這麼想的，但那孩子又堅持說，自己是當著這倆人的面，大搖大擺地進來的，甚至還朝許遠文揮手，他也視而不見。您不覺得這很奇怪嗎？孩子在進來的時候隱形了！」

白越隙沉默了。他想起小時候在某本盜版書上看過的故事：明朝泰景年間，有個人手持紅棍，嘴裡念念有詞，闖入了守衛森嚴的皇宮，眾侍衛沒有一個人看見他是怎麼進來的。那本盜版書上還記載了許多奇妙的事情，諸如長翅膀的人、眼裡會放鐳射的人、後腦勺上長著眼睛的人……小時候，他對書裡的記載深信不疑，直到長大後才發現許多事情其實都是難以考證的。

然而這個男人方才講述的故事，卻和那本書上記載的「隱形人」事件無比相似，讓他產生了濃重的既視感。

「所以我覺得許遠文是被咒死的。」男人繼續說下去。「如果他和小孩都沒有說謊的話，那只能解釋成，小孩子看到的不是許遠文本人，而是扮成他的鬼。那一週之後，許遠文就莫名其妙死了，這不巧嘛！而且，許遠文死的時候四十四歲，他死的地點又是四樓，滿地都是『死』字呀！所以我把這件事發到了網上，結果好多人留言說不買『紫山國際』了。公司知道了這事，花錢把帖子刪乾淨了，之後又查到我，把我開除了。哼，本來我就不想待了！再說，我說錯了什麼嗎？明明都不明不白死了一個人，還想粉飾太平，說什麼『沒有鬼』，我看公司的心裡面才是有鬼的……」

男人說得激動，白越隙心裡卻在想別的事。公司真的只是因為造謠而開除這個男人的嗎？從剛才的說法來看，這男人不僅對死去的許遠文心存怨恨，而且案發當天也在場。更重要的是，通往許遠文墜樓地點的樓梯，恰恰是這個人看守的。如果往他殺的方向考慮，他明明是最大的嫌疑人才對。那之後，他還散播鬼神之論，更是可疑。公司內部或許已經對他有所猜疑，才緊急將他開除，撇清關係。

但員警又為什麼沒有對他產生懷疑呢？不，員警一定產生了懷疑，但後來可能通過什麼方式洗清了這些懷疑。男人知道白越隙是來調查舊案的，甚至可能會把聽到的事情寫成文章，那麼他自然不願意說出自己曾經遭受警方調查的過去。

可是，如果員警已經排除了他的嫌疑，那麼許遠文又是怎麼死的呢？

謎團不但沒有解開，還多了一個。白越隙決定從他嘴裡挖出一些可以自己深入調查的線索：「你剛才說，出事那天，除了你和許遠文，還有兩個工人在場。你還記得這些人叫什麼嗎？」

「工人的名字？」男人遲疑了一下。「我當然記得，畢竟那之後一起被叫去公安局好幾次。發現屍體的那個叫張雲，另一個就是之前撞見隱形小孩的，叫黃陽山。」

「黃陽山……」

黃陽山！

白越隙一個激靈，險些從沙發上跳起來。

黃陽山這個名字實在太耳熟了。他立刻回憶起，在許遠文留下的那篇手記的結尾，提到了作者「阿海」的全名——黃陽海。而根據手記，作者還有一個哥哥。黃陽山，黃陽海。黃陽海，黃陽山。錯不了，這兩個人一定是兄弟。「阿海」是真實存在的。「阿海」的哥哥也是真實存在的，手記裡的事情都是有原型的——通過黃陽山這個人，這一切都得到確證了！

他努力按捺住激動的心情。黃陽山和許遠文身亡事件有關，許遠文和黃陽海留下的手記有關。此時此刻，所有的謎團終於連成一條線了。

「你有這幾個人的聯繫方式嗎？」

他不動聲色地問。

男人擺擺手：「沒有，沒有，都是幹一次活的關係而已，而且那倆人好像都是臨時工。」

看樣子還得自己去調查了。不過，至少有了明確的方向。

「那麼，可以順便請教一下你的名字嗎？」

「我也要？」男人警覺起來，連稱呼都不知不覺變得不客氣了。「你要寫文章嗎？我先問一句，你要寫文章嗎？」

「還沒說定，你放心，如果你不願意的話，我可以不寫你的真名。」

「既然不寫我的真名，你還要我的真名做什麼？」

男人的話叫人難以反駁。

「而且，你也別揪著許遠文的事情不放了。說到底，他家裡人都不追查的事情，有什麼好說的呀。你聽我的，你如果寫我的事情，那可要好得多了。我辭職之後，就去考公務員，一連考了兩年，沒考上。二〇一八年的時候，我開始找自己感興趣的事情做，先在真人密室逃脫店做了一年多，老闆跑了。後來又去電影院，到了今年年初，你也知道了，為了防疫，全國的電影院都關了，快八月份才開。這個事情當然我也理解的，可不上班就沒工資，在家裡又沒飯吃了，全靠上『支付寶』借錢……撐到六月，撐不住了，只好來KTV打工。其實我不想來這裡的呀，一到這兒，我就想起五年前的晦氣事來。可是當年在街對面打灰，來來去去，和KTV老闆混熟了，他跟我說他也難，也是剛重新開業，好幾個員工是老鄉，過年回湖北，困一塊回不來了。他拜託我來幫忙，我才來的，他也開不出多少工資，但總比沒有強。我本來想去送外賣的，都說外賣賺得多。結果，在KTV裡，還得被發酒瘋的高中生修理。但是我不後悔離開工地，繼續在那裡，也只能繼續過一天睡五個小時的日子。現在這年頭，人家對挖掘機的關注度，比開挖掘機的人還要高。我做什麼都趕不上時候，幹哪一行，都偏巧是那一行最倒楣的時候。就算過幾年，這行的情況好轉了，那和我又有什麼關係呢？遠水救不了近火。這不值得寫嗎？嗯？這不值得寫嗎？你如果想寫這個，我就都告訴你，都細細告訴你，但是我不告訴你我的真名叫什麼……」

說到激動處，男人又舉起話筒，唱起屬於他那個年代的流行歌曲。

「那個人完全是胡扯。」

陳誠毫不客氣地下了結論。他左手撐著腮幫子，右手的幾根手指在玻璃轉盤下熟練地撥動著，很快就把剛端上桌的醉蟹轉到了白越隙面前。

「喏，嘗嘗。咱們這裡的特色菜！」

「怎麼吃呢？」

白越隙望著青色的蟹殼，有些無從下手。螃蟹他吃過很多，但生的螃蟹被端上餐桌，對他來說是第一次。白色半透明的蟹肉從被切成兩半的蟹殼之間流出，看上去既不像固體也不像液體。

「就跟你吃螃蟹一樣直接吃唄。殼，不能吞，別的，能吞。就按這一套吃。不著急，這個本來就是涼的。」

他緩緩動了筷子。

「怎麼樣？」

「真……有特色。」

「直說，別客氣。」陳誠說完小聲加了句。「我也不愛吃。」

「那你還點？」

「這不特色菜嘛。特色哪能不試試呢？什麼東西加上特色，就都沒辦法拒絕了。所以，到底好不好吃？」

「全是白酒味，感覺不如直接喝白酒。而且，我不愛喝白酒。」

「可惜了。」陳誠歎了口氣。「這叫了兩大隻呢。」

「我們倆不必客氣，你儘量打包，支援『光碟行動』嘛！」

「行，打包回去給你爺爺吃。」

陳誠趁機占了白越隙一個便宜。在大學同窗的那段時間裡，這倆人總是互相稱對方為「兒子」。如今，比他大兩級的陳誠先一步到了社會上，經受人世間的毒打，可這個習慣依然沒有改掉，這讓白越隙覺得很親切。

兩人是在大學的文學社團裡認識的。陳誠是浙江人，本科學的經濟學，考研失敗以後，回家在父母的介紹下，找了份事業單位的工作。這次決定來浙江調查後，白越隙立刻聯繫了他。他爽快地答應幫忙，也快速幫白越隙訂好了旅館。白越隙是蹺課出來調查的，這天還是週五，工作日，陳誠白天需要上班；下班之後，他立刻現身，把白越隙拉進一家酒樓。

「真了不起啊，當年被社長指責看書太亂的人，現在成了大作家。我該敬你一杯！」

「不必不必，我真算不上作家，全靠朋友幫忙。」

「是你現在那個舍友嗎？他到底是幹什麼的？」

「大概就是類似於偵探的職業吧。」

白越隙也說不清謬爾德是在幹什麼，他甚至連謬爾德的年齡都搞不清楚。謬爾德長著一張娃娃臉，身高目測不足一米六，出門的時候還總喜歡披上寬大而顯眼的披風，特別顯矮。第一次見面的時候，他甚至以為對方是初中生。不過很快他就明白，謬爾德實在比初中生狡詐多了。

他自稱偵探，但中國大陸根本沒有「偵探」這個合法職業。他在內部把自己的公寓改造成「事務所」，外表上則不做任何修改，美其名曰「偽裝」。他也不在網路上發布廣告，因為那樣可能會被人舉報。即使如此，他仍然能接到非正式的委託，這讓白越隙百思不得其解。

在一起案件中相逢後，白越隙主動投奔謬爾德，希望能夠成為他的助手。這當然是謊言，他是帶著惡意接近謬爾德的。後者意外爽快地接納了他，條件是他必須搬過來住，並且每個月分攤一筆數額不大的房租。考慮到事務所離學校不遠，白越隙便答應了。

其實謬爾德根本不需要助手，他人脈廣，連員警中都有不少熟人，這一點白越隙已經見識過多次。而且，他不忙，委託的數量很少，以至於他的收入來源至今成謎。有時候，白越隙甚至懷疑，公寓其實是謬爾德的，自己的房租才是他真正的收入來源。

「哼哼，真好啊。聽著就很有意思。」陳誠夾起一塊炒雞蛋。「所以，你最後問到KTV那個人的名字沒？」

「沒有。要知道也不難，但我覺得可能沒必要知道。」

「沒必要知道。」陳誠點頭重複了一遍。「這種人太多了。遇上了倒楣事情，就覺得一切問題都是社會的。做任何事情都是需要投入成本的，大學選專業就是每個人都必須投入的機會成本。他在土木專業投入了成本，之後想改行的時候，當然會吃虧，因為成本沒有收回來。這種時候，如果不想陷入閉環，最好的做法就是忽視已經損失的沉沒成本，繼續投入新的成本，去學習新的東西。但他沒有學習，只是由著性子四處打工，所以才會過著有一頓沒一頓的日子。」

「真會說啊，不愧是經濟系的學生。」

「別忘了我的經濟學知識也是沉沒成本。我學的東西也一丁點兒都沒用上，這是親身體會。不過，我是逃回來，靠父母投入新的成本的，所以我也有自知之明，不認為自己的行為值得標榜。確實不是每個人都有試錯的機會。」

「那你還說那個人。」

「我說的是他的態度。光是抱怨是沒有用的，再說疫情是天災，是誰也沒辦法的事，該扛過去的，總得扛過去。你也別覺得我就置身事外了，我好歹也是個公務員，今年可有的忙呢。首先，野生動物得管吧？就像二〇〇三年『非典』那時候一樣，賣去吃的、訓來演的，都得管，這就是我們林業局的工作。其次，村鎮區域的返鄉排查，那也是我們一家一家、一個腳印一個腳印訪問回來的。你坐公車的時候填的那個『綠碼』，那也是建立在我們排查的基礎上呢。你沒亂填吧？」

「哪兒敢。都按你說的填了。」

「這就好。我們事業單位，對這個可嚴了。回頭要是你被確診了，我不知道得被怎麼罰呢。」

「辛苦了。」

「沒辦法的事。天災，該扛的，總得扛過去。」

陳誠的愛好就是反反復複重複自己中意的話。

「不說這些了，來，吃魚，吃魚。」

「剛吃過了，你算是教會我『你吃過的鹽，比我吃過的飯還多』這句諺語，到底是怎麼來的了。這簡直像是倒了半瓶鹽做出來的。咱們說正事吧。」

「我們的口味都這樣，我還嫌你們那吃東西沒味道呢。」陳誠叨叨著，把手伸向掛在椅子上的挎包。「都給你查得差不多了，還用單位的印表機列印好了，你就安心吧。」

「你可幫大忙了！」

白越隙興奮地接過資料。上面簡單介紹了南陽房產的公司全稱、法人代表、註冊時間、總部位址等資訊。公司不算規模巨大，但也稱得上省內豪強、地方一霸，足以養出一兩位千萬富翁來。「公司歷史」一欄裡，赫然寫著前任總裁、創始人的名字：趙書同。

「這個趙書同的資料，有沒有更詳細的？」

「往下翻。」

翻了幾頁，一張老人的證件照出現在眼前。趙書同穿著西裝，頭髮基本都已經白了，但眼神依然銳利，棱角分明的臉，表明這人是個狠角色。他又快速掃了眼此人的經歷：一九四一年生，八十年代來浙江發展，二〇〇二年隱退，二〇〇四年病逝，享年六十三歲——關於他與公司的發展歷史，資料中寫得非常粗略，看不出什麼有用的資訊。

「有辦法查一下更詳細的資料嗎？」

「我回頭再試試。怎麼，你想查這個人？我聽我媽提過幾次，好像是什麼本地名人，但咱們年輕人嘛，一般都不熟悉這種地頭蛇。」

「我不確定，但應該有點關係。」

說完，白越隙用自己的智慧手機檢索起「趙書同」「南陽房產」「浙江」等詞。沒想到網上能查到的東西還不少，立刻就查出了幾條本地媒體報導的社會新聞：「趙書同次女趙喬成婚」「趙書同長子病逝」「趙書同去世」……

他點開第一條連結，許遠文的名字赫然出現。但仔細一看，他的身分又不是新郎，而是新娘的姊夫。二〇〇一年，趙書同的次女趙喬成婚，許遠文以她姊夫的身分出席，記者還備註，他與趙書同長女趙果結婚的時間是六年前，也就是一九九五年。不管怎麼說，許遠文果然是趙書同的女婿，而且並非花瓶，不僅在南陽房產內任職，也頻繁出席趙家的重要活動，想必當年還是深得趙書同器重的。可惜的是，報導沒有附帶照片，至今還是無法得知許遠文到底長什麼樣子。

他又點開第二條連結，這次是在二〇〇三年四月。「非典」疫情肆虐期間，趙書同的長子趙思遠在廣東感染「非典」去世了。

看到這條新聞，白越隙的心裡「咯噔」一下。十七年前的那場疫情，對他來說已經是幼年時期模糊的記憶，幾乎沒有任何感覺。但是，那畢竟是自己親身經歷過的事情，有時還是會有些「熬過來了」的自豪感。新冠肺炎疫情期間，當他在網路上看到新一代高中生哀歎自己「生於非典，高考於肺炎」時，還覺得有些惱火：你們只不過是恰好在二〇〇三年出生而已，這也配自稱苦難嗎？

然而，當與「非典」相關的死亡事件直接呈現在他面前的時候，他才意識到，自己那種「熬過來了」的自豪感，與高中生們的調侃並沒有本質上的區別。他們都不過是把一場深重的災難和無數人的付出，用一句輕描淡寫的「扛過去」來概括，只為換取一點淡淡的優越感。

但災難總歸是災難。就算扛過去了，它也是災難。

他繼續閱讀新聞。和上一篇生動的報導不同，這次的新聞非常簡短，體現出人們對待紅白事時態度的差異。當然，也可能是因為葬禮在疫情期間舉行，本身就辦得很簡單。

對於趙書同，記者用「悲痛欲絕」來形容他。趙思遠時年二十五歲，是趙書同唯一的兒子，當時還在讀研究生；他的兩個姊姊趙果和趙喬，那年分別是三十歲和二十八歲，也都出席了葬禮。報導附帶了一張趙思遠的黑白照，是個戴黑框眼鏡的瘦弱男子，小眼睛，腮幫子有些癟，表情柔和。

最後一條新聞發生在第二年，也就是二〇〇四年。這年秋天，趙書同也病逝了。那時「非典」疫情已經過去，前來弔唁的人非常多，除了趙書同的遺像，還放了許多現場照片。據說葬禮由趙果主持，許遠文也到場，但還是沒有附帶這兩人的照片，鏡頭對準的都是些西裝革履、滿臉皺紋的大人物。

到這裡，趙書同的線索大概就斷了——然而，白越隙突然捕捉到角落裡一句不起眼的話。

「趙書同名下的大多數房產，都劃歸許遠文夫婦所有，包括傳說中他於一年前修建的神祕宅邸『七星館』。對此，許遠文表示，會儘快考慮將該處房產拆除。『榮歸故里，住進那樣的房子，是趙先生生前的願望，它現在已經完成了自己的使命，我們認為，是時候讓塵歸塵、土歸土了。』他這樣告訴記者。」

「喂，」他抬起頭。「你聽說過『七星館』嗎？」

「那是啥，三星手機？」

「吃你的魚吧。」

白越隙立刻搜索起「七星館」來。奇怪的是，相關網頁少之甚少，幾乎找不到直接關聯的報導。除了趙書同去世的消息以外，只有一條新聞還算相關——「趙果去世」。

「八月十七日，本地知名企業家趙書同的長女趙果，因乳腺癌醫治無效去世，享年三十四歲。二〇〇四年年底，趙果確診為乳腺癌，自那時起，她就堅持不懈地與病魔抗爭。趙果夫妻沒有子女，由於投資失敗，自二〇〇四年起，他們名下的財產已經大幅度縮水。為了支付高昂的醫藥費，趙果女士的丈夫許遠文變賣了數套繼承自趙書同的房產，其中包括曾經計畫拆除的『七星館』。趙書同生前十分喜歡三國文化，據傳說，『七星館』是他為了紀念歷史名人諸葛亮，交由許遠文建造的。」

報導時間是二〇〇七年。關於七星館和許遠文，此後就沒有更詳細的報導了，不過可以大致推測出來：失去妻子後，他獨自在浙江生活，工作不詳，很可能依然是留在南陽房產。二〇一四年，不知道出於什麼原因，他突然回到福建，和昔日的家人重聚；但不到半年就返回浙江，依靠過去留下的人脈，謀到了施工負責人的工作。

可這又和黃陽海兄弟有什麼關係呢？根據ＫＴＶ那人的說法，黃陽山是臨時工，他和許遠文的交集，應該集中在二〇一五年。那為什麼二〇一四年回到福建的許遠文，會帶著黃陽海的手記？這一切又和現在出現在眼前的七星館，彼此之間存在什麼聯繫呢？

等一下……七星館，諸葛亮？

白越隙猛然回憶起了什麼。

「『臥龍躍馬終黃土』……」

「『隆中對』……」

他猛地一拍大腿，把陳誠嚇了一跳。

「咋了？」

「你吃你的，我出去一會兒，打個電話。」

「行。你別跑了啊！說好了這頓我請你的，你不跑也是我付錢。」

「ＯＫ。」

他沒有過多理會陳誠的玩笑，而是拚命思考著該說的話。發消息嗎？不，等不及了。這股怒火必須立刻發洩出去。他從手機通訊錄裡找出了謬爾德的電話。

對方好像早就料到他會打電話似的，一下子就接通了。

「您好，這裡是晚上八點鐘以後需要增收加班費的謬爾德哦。請問這位小白有什麼事情呢？」

「是個人私事，所以不用交加班費。」

「真難得呀，把公私分得那麼清楚。」

「你早就知道了？」

「知道什麼？」

「別裝傻。你那天不是拚命在暗示嗎？虧我還沒有察覺到不對勁。雖然你愛引經據典，即使是中學水準的常識也喜歡一遍遍拿出來炫耀……但連著提到兩次諸葛亮，也太刻意了。」

「謔謔，這不是很常見的橋段嗎？在一大堆廢話裡面混入真正有用的線索，可見我是充滿本格精神而又慈祥溫柔的好偵探哦。」

「那算什麼提示，完全沒有用好嗎？唯一的用處不是在我意識到這件事和諸葛亮有關之後，體現出你是個早就預知到這一步的諸葛亮而已嗎？真是個事後諸葛亮！」

「一，二，三，你說了三次『諸葛亮』，能抵九個臭皮匠了。小白什麼時候變得這麼喜歡諸葛亮了？調查入迷了嗎？這可真是……」

「還不是被你氣的！我問你，你什麼時候知道趙書同這號人的？你明明只看了黃陽海的手記而已，怎麼能查到這一步？」

「這還不簡單。你那個叫張志傑的同學，雖然名字是挺大眾的，但連住址都寫在快遞包裝上了，很難讓人查不出他的身分呀。再順著親戚關係，知道他有個叫許遠文的舅舅，是他家那幫老實得要死的親戚之中，唯一一個有可能跟那本手記有關係的人；哦，還有個帶著可疑氣息的親戚，叫趙書同的三國狂熱愛好者……不知道輩分該怎麼稱呼，是他舅舅的老丈人？總之都是不費吹灰之力就能查到的事情哦。」

「不費吹灰之力，怎麼可能？靠一個住址查到這麼多，你動用了不少人際關係吧？」

「人際關係就是用來消耗和丟棄的，不然攢著又有什麼用呢，開名片博覽會嗎？而且，幫助謬爾德是永遠不會吃虧的，因為你總有求他幫忙的時候。」

「真不知道你的自信是不是用唾液腺分泌的。那如果我告訴你，我已經知道許遠文之死和那本手記之間的關聯了呢？」

「那可真是了不起。我也只是瞭解到許遠文死得不明不白而已。」

「當年警方可是很快就結案了，所以你也查不到可疑的地方吧？很可惜，我可是得到了第一手資料。」

「不錯不錯，我就說嘛，人總有看漏的時候，所以人類不可信賴，不像小白你如此膽大心細，還有很棒的運氣。」

「我也是人類！而且，我說過要把情報和你共用嗎？」

「請不要在這種時候意氣用事，畢竟我們彼此都是背負著罪孽的神之子民，應該放下對彼此的成見才是。你並沒有因為我的隱瞞而白跑一趟，而是確實查到了值得深入調查的情報，而我也安排了線索，能夠讓我們在合適的時機合流，如此還能說是我在害你嗎？」

「說得真了不起啊，但跑腿的都是我吧。你除了我已經知道的事情，還能提供什麼新的資訊嗎？」

「傳說眾神之王奧丁獻出了自己的右眼，才得到飲用智慧之泉的權力。目前，我不能提供更多的資訊，但我能提供我的智慧，這可是比金羊毛還要貴重的無價之寶。」

「這兩邊都不是一個神話體系裡的吧。」

白越隙開始思考接下來的打算。不論如何，這件事得查下去，不然就前功盡棄了。初到浙江時擬定的兩條線：南陽房產和許遠文墜樓案，現在分別得到了拓展。其中，南陽房產這條線只涉及趙家人和許遠文之間的淵源，似乎和手記沒有直接關聯；而許遠文墜樓案，則因為出現了黃陽山這號人物，而直接跟手記綁定在了一起。但在全國範圍內尋找一個最後一次出現在五年前、只知道名字的臨時工，無異於大海撈針。能做到這種事的，恐怕只有為了控制疫情而監控全國流動人口動向的「健康碼」平臺了……

「謬爾德，我不認為你的所謂智慧能夠派上用場，因為我現在正在調查的東西，需要的並不是某個人的靈光一閃，而是海量腳踏實地的數據。你能集中起這麼大的能量嗎？」

「當然不能。可是，智慧的解決方式並不是與難題硬碰硬，而是去開闢一條捷徑。讓我猜猜，你是不是在許遠文死亡的現場發現了某個在手記裡出現過的人物，準備憑著那個名字去滿世界找人了？」

「如果我說不是呢？」

「那就是了。我很清楚你會在什麼情況下做出這種回答。」謬爾德的聲音微微遠離了話筒幾秒，似乎正在伸懶腰。「我用我的智慧給你一個忠告吧。別盯著那頭查了。你現在真正必須關注的是趙書同這個人和他的『七星館』，那裡才是這篇手記最早流傳出來的地方，許遠文不過是個搬運工。另外，你在許遠文的死亡現場發現的那個人，我猜猜，是不是姓黃？他的行蹤我也已經很清楚了。」

「謬爾德，你讓我吃驚很多次了，但這一次你一定是在虛張聲勢。就在幾秒鐘以前，你還連我找到了什麼人都不確定。你猜測我找到的人姓黃，但手記裡出現過的兩個和『阿海』關係最親近的人，一個叫黃家豪，另一個是『阿海』黃陽海的哥哥，當然也姓黃。你不具體說出我找到的人究竟是他們中的哪一個，就是因為你不知道我找到的到底是誰。但你卻說你搞清楚了這個人的行蹤，這怎麼可能呢？」

謬爾德輕笑起來：「你說得對，也不對。我確實不知道你找到了哪一個，但我也確實知道你找到的那個人的行蹤。我國古代充滿智慧的勞動人民，使用一種名叫『榫卯』

的結構來搭建房屋，它神奇的地方就在於，不需要任何額外的器具，就能使梁木之間契合得嚴絲合縫。儘管這門手藝現在已經不如往日，但我那優秀的推理，卻能重現相似的效果，即使不直接與真相接觸，也能做到天衣無縫。遺憾的是，小白，現在你不願意放下自己眼中的偏執，就像《馬太福音》所說，你只能挑我的刺，卻看不見自己眼前的梁木。我可以非常肯定地告訴你，不管你找到的是黃家豪，還是黃陽海的哥哥，他都一定是導致許遠文非正常死亡的人，他在目睹了手記結尾的一幕後，不遠萬里尋找拿走手記的許遠文，並最終將其殺害。所以，重點並不在於他是誰，而是手記的結尾究竟講了什麼。而這個答案，十有八九在趙書同身上。」

「為……為什麼？趙書同是大企業家，黃陽海當年還只是個小孩子，這兩個人根本沒有任何交集！」

白越隙的聲音遲疑了。謬爾德接二連三的語言攻勢，讓他一時無法招架。混亂之中，他的腦海裡只剩下一個念頭：為什麼？為什麼他會得出這些結論？為什麼他會領先那麼多？這到底是為什麼？

「他們沒有直接的交集，但一定有間接的交集。否則，這件事就沒有許遠文參與的空間。而最合適的舞臺就是七星館，因為那正是趙書同授意許遠文建造的。而且，館和人不一樣，人會跑，館不會。你就放棄吧，小白，再聽我一次好了。七星館裡，一定有你想要的東西。」

六　繡花

七星館裡到底有什麼？

整個晚上，我都被這個問題所困擾。秦言婷根據食物數量的變化，認定除了我們以外還有第九個人。可是，這未免太天方夜譚。一個大活人，生活總會留下各種痕跡，哪怕不燒水，撞見人的機會也多得是，怎麼可能瞞過我們所有人？

但食物確實變少了。那就只能認為，確實有什麼人瞞著我們在這裡生活。而且，這個人有能力在避開所有人視線的情況下，從廚房偷取食物。他對七星館的構造非常熟悉，甚至可能掌握了某些祕密通道，所以才能來去自如……

滿足一切條件的人，就只有祝嵩楠。

我想起那具燒焦的屍體。就連近身觀察過屍體的奚以沫，也沒辦法確認其身分，我們又怎麼能斷言……

但真會有那種天方夜譚嗎？祝嵩楠沒有死，那具屍體是其他人，他本人還躲在七星館的祕密房間裡？他為什麼要這麼做？我們之間明明沒有什麼深仇大恨，如果我沒記錯的話，祝嵩楠和我是同一時間加入海谷詩社的。除了社長、周倩學姊和林夢夕，其他人應該都是在去年納新活動上才彼此認識的。如果祝嵩楠有什麼一定要殺害林夢夕的理由的話……

一個陰暗的念頭突然從我腦海裡冒出。如果那樣的話，他接下來會不會對社長和周倩學姊出手？

這樣的話，我就是安全的了——我自己也被這個冷漠的想法嚇了一跳。

一整晚都沒睡好。周日早上，我八點就醒過來了，只覺得脖子異常酸痛，肩膀也硬成了一塊，就像被綁在鐵柱子上拷問過一樣。客房的床還是很高級的，就是那只肥厚的枕頭，把我的腦袋墊得太高了。不過，第一天晚上我還沒有察覺到這個問題，只是眼睛一閉就睡過去了，不想今天卻如此痛苦。注意力集中在精神上的壓力時，肉體就會因為被忽視而提出抗議，真是腹背受敵。

走進餐廳，這回大家基本都在，恐怕昨晚沒人睡得香吧。我下意識地點了一下人數：秦言婷、莊凱、大哥、周倩學姊、朱小珠、奚以沫……

「社長呢？」

難道昨晚的猜測應驗了？我心裡一揪。

大家都沉默不語。

「怎麼了大家？難道社長他……」

「老子活得好好的。」

陰沉的聲音從身後傳來。我猛一轉身，發現社長正垂著兩條胳膊站在門口。

「抱……抱歉。我太緊張了。」

仔細一想確實是說了很失禮的話，我趕緊道歉。社長看也沒看我一眼，自顧自上樓去了。

「啊，食物的話我們拿了一些下來……」

大哥舉起一盒罐頭。餐桌正中央堆著一些肉罐頭和水果罐頭，大概是他順手拿下來的。不愧是會照顧人的大哥。

「我自己拿。」

可惜對方不領情。為了緩解尷尬的氣氛，我代替社長接過了水果罐頭。昨天吃了太多午餐肉，現在特別想要補充一點糖分。

想不出什麼合適的話題。沒辦法在不觸及敏感話題的情況下討論現狀，而如果聊一些和現狀無關的事，又有點輕浮的感覺。其他人一定也都是這麼想的，所以都只是安靜地吃著東西。唯獨奚以沫這個傢伙表情如常，竟然還在小聲哼著《北京歡迎你》的曲調。

啊，這麼說來，不久前才和母親通過電話，說是奧運聖火下週就到我們家那邊了。如果不是出了這種事的話，現在我們已經在準備下山了吧。可是如今，我只能被困在這種危機四伏的荒郊野嶺……

感傷了幾秒鐘後，我又開始怨恨起奚以沫來。不管是有意還是無意，這個人真的很擅長用自己的一舉一動，來動搖其他人的情緒。他到底是單純地樂在其中，還是想通過這種方式製造一些變故和轉機？

水果罐頭的主要成分是水，三口兩口就吃完了。我正準備離開的時候，秦言婷偷偷拉住了我。

「午飯前能一個人來這裡一趟嗎？大約一小時後吧，我在這裡等你。」

她低聲說完，先我一步離開了餐廳。

我環視四周。周倩學姊和朱小珠小口小口地吃著午餐肉，動作慢得像慢鏡頭電影。大哥把右手的食指和中指放在嘴唇邊上敲打著。莊凱早就吃完了，但他依然坐在原地一動不動，眼睛盯著桌面，不知道在想什麼。剛剛回到餐廳的社長，一邊開罐頭，一邊在嘴裡念念有詞：「等我爸爸派人來，就把這些罐頭都砸了……」

秦言婷約我一小時後碰面，應該是想等這幫人都走掉吧。也就是說，她有必須和我單獨說的事情。會是什麼呢？正常考慮的話，肯定和昨晚提到的「第九個人」有關。

我帶著忐忑的心情回到自己的房間。部落格寫完了，在房間裡無事可做。書包裡有一本讀了一半的小說，叫《少年股神》，但此時我也根本靜不下心來讀書。聽說周倩學姊帶桌游來了，但這種氣氛下也不好找人家玩，更何況我還和秦言婷有約，必須做到隨時可以脫身。最後，我索性打開電腦，玩起了系統自帶的掃雷遊戲。每隔幾分鐘，我就會把視線移到右下角的系統時間上，到頭來被「炸死」了好幾次。

一個小時終於過去了。我躡手躡腳地離開房間。大家都不在走廊上，真是走運。

秦言婷依然坐在餐廳裡，和早飯時相同的位置。她的辮子好好地紮著。

「辛苦了。謝謝你能來。」

不知道有什麼辛苦的，也不知道我做了什麼值得被道謝的事情，但我還是接受了。

「有什麼事呢？」

「關於昨晚說的事情，我希望和你商量一下。」

果然如此。

「妳還沒有告訴大家吧？是希望我一起保密嗎？」

「並不是。不如說，我正是因為無法決定該不該保密，才找你出來的。」她用指尖輕輕點著自己的發梢。「目前我還沒有把罐頭變少的事情告訴其他人。原本也不該告訴你的，只是昨晚不知怎麼地……順口就告訴你了。大概我還不夠成熟吧，沒辦法按捺住發現新事物的激動之情。」

「我不值得信任嗎？」

「並不是那個意思。我倒覺得你是這裡最值得信任的，因為你是個直來直去的人。不管是以前寫的詩詞，還是昨天有話直說的表現，都讓我覺得你是個純粹的人，你不會隱瞞自己對壞事的厭惡，或是對權威的質疑，這和其他人是不一樣的。正因如此，我才會輕易地告訴你那件事。」

「謝謝。不過，為什麼妳現在又開始考慮隱瞞這件事了呢？」

「我一開始就沒有打算公開。一來這畢竟只是個猜測，冷靜下來想想，我或許也會數錯，或者我們中有什麼人偷吃罐頭，也不是不可能。二來如果大家都認為館裡有『第九個人』，事情會變成什麼樣？這個人為什麼能在館裡來去自如，而不被我們發現？」

「大家會覺得館裡有密道。」

我坦誠地說出自己考慮過的答案，秦言婷滿意地點了點頭。

「是的，大家會這麼想，然後自然就會陷入恐慌。順利的話，明天我們就能得到救援，在這種時候維持秩序，不是比陷入恐慌更好嗎？這個念頭在阻止我將自己的推測說出來。」

「但是，如果有人因此被殺呢？陷入恐慌，反過來說，也是自保的手段。黑死病最早在歐洲傳播開來的時候，醫生和官員們也是以『不能讓民眾陷入恐慌』為由而封鎖消息的，或許對社會來說這不是壞事，但對於那些沒有第一時間提高警惕，結果染病身亡的百姓來說，這種秩序有什麼好呢？」

「我知道。」她低垂著眼睛。「你果然疾惡如仇，余馥生同學。我也考慮過你的想法，而且，我可以承認，我之所以明明料到或許有人會被殺，還是產生了隱瞞的想法，就是因為我覺得自己不會是受害者。這種冷漠的想法原本占據了上風。但昨晚一時衝動，把情況告訴你以後，我開始動搖了。或許我今天約你出來，就是為了聽你這樣罵我一句吧。」

「我不是在罵妳……不好意思。」

我意識到自己確實有些激動了。秦言婷好歹把事情告訴了我，而且她也確實在為是否公開這件事而猶豫著。更何況，她對恐慌的擔憂不無道理，像朱小珠那樣的人就是個定時炸彈。而且，我自己也產生過「還好被殺的不是我」的想法，現在又怎麼能站在道德制高點上責罵她呢？

「總之，就算我想隱瞞，你也會說出去的，對吧？」

我沉默了，不是因為答案明確，而是因為我也猶豫了。但她誤解了我的意思，立刻回答：「我明白了。既然如此，我們現在就去告訴大家吧。」

我們一起朝充當客房的天璿館走去。但是，事實證明，我們的猶豫已經招致了大禍。

經過天璣館的時候，秦言婷突然停了下來。

「你聽。」

她搶在我問話之前，將食指抵在我的嘴唇上。

我聽從她的要求，直起身子，仔細聆聽起來。從天花板的方向，確實能聽見細微的、清脆的響聲，一下一下地回蕩著：「錚……叮……錚……」

「這是什麼？」我用氣聲問道。

秦言婷也用氣聲回答：「是琴聲。」

啊，我想起來了，天璣館二樓的展廳裡確實有一把古琴。是有什麼人正在二樓彈奏那把琴嗎?但這也太奇怪了。首先，我不記得我們之中有人精通琴藝；其次，這種時候彈琴也不合時宜。最重要的是，這聲音也不像是在彈琴，更像是某個不通樂理的孩童，正在隨意地、一下一下地撥弄著琴弦。

「上去看看吧。」

我不知哪裡來了膽量，輕輕推了推秦言婷。她點點頭，朝樓梯走去。

主展廳大門緊閉。我推了一下，門後傳來木頭被擠壓的聲音。

「門閂插上了。」

我說完，開始敲擊銅制的門環。

「有人嗎?裡面是誰呀?」

沒有人回答。過了幾秒鐘，屋裡突然傳來一陣撥琴弦的聲音，緊接著就是「咚」的一聲巨響。緊接著，剛才還推不開的木門發出了「吱呀」一聲，竟緩緩朝裡打開了!

我屏住呼吸，注視著一點點自己打開的木門。手臂上隱隱傳來了觸感，似乎是被秦言婷抓住了。她大概正擔心屋裡闖出什麼可怕的東西。老實說，我和她一樣受到了驚嚇，但此時必須沉住氣。如果我們兩個都被嚇呆了，就沒辦法應對突發情況了。

門打開了。首先看見的就是落在地上的古琴，剛才聽見的巨響，大概就是它被人砸在地上的聲音。雖然琴面沒有斷裂，但琴弦已經崩開了。接著，視線越過古琴，落在原本擺放它的桌面上。此時，桌上趴著一個人，他右手朝前伸出，雙腿盤膝而坐，原本放在坐墊上的那把羽扇被插在他身後。同樣被他披在身後的，還有一面錦旗，上面寫著一個大大的「西」字。在他伸出的右手上，攥著一幅失竊的掛畫。

是「空城計」……

《三國演義》裡，面對司馬懿大軍的突然襲擊，只有一座空城的諸葛亮，派人將城門大開，自己坐在城牆上焚香操琴，故作悠閒，性格多疑的司馬懿擔心城內有埋伏，嚇得不敢入城，直接退兵。

此時此刻，我算是領會到了司馬懿的心情。房間裡除了趴著的那人，再也看不見其他人影，但我的雙腳就是死死定在原地，不敢邁出半步。

這時，我隱約感覺身體被人推了一把。是秦言婷。她看著我，拍了拍褲子口袋：「我還帶著匕首。進去吧，小心點。」

「好，好的！」

我的心底湧起一股勇氣。我們小心翼翼地走進房間。趴在那裡的人是社長鐘智宸，他的脖子上還留有深深的勒痕。

「死了……」

「還有一點體溫。」

秦言婷看上去異常冷靜。按理說，我們兩個都是首次成為屍體的第一發現者，但她卻是一副身經百戰的樣子。
「得快點通知大家。」
「好……好的，我們一起去？」
「得有人留守現場，至少也得先用周倩學姊的相機拍點照片。」
「可是一個人留在這太危險了！」
僵持之際，我突然聽到了門環撞擊木門的聲音。有人正在敲另一側的門。我快步走到門前，發現這扇門上也插著門閂。拿掉門閂，周倩學姊和朱小珠出現在那裡。
「出什麼事了嗎？」
學姊探進頭來。我急忙去攔她，但太遲了。她看見社長的屍體，整個人都僵住了。幾秒後，她的嘴裡漏出不成調子的嗚咽聲。死去的林夢夕和社長都是學姊最熟悉的人，她一定是受到打擊最大的人吧。這下完了，連學姊也撐不住了，那還有誰能安撫一直歇斯底里的朱小珠呢？我正焦頭爛額地想著，卻發現朱小珠沒做出什麼特別大的反應，甚至把手搭在學姊的肩膀上輕輕拍著。怎麼這兩個人突然反過來了？
「果然是在這裡啊。看到那把七弦琴的時候，我就覺得早晚要有一出『空城計』的。」
討人厭的傢伙也來了。奚以沫大搖大擺地從我們打開的那扇門走了進來，他的身後還跟著大哥和莊凱。所有人都到齊了。
「你們為什麼都來了？」

「為什麼呢？我可不清楚。我剛剛重溫了天權館的展示廳，正打算來天璣館也逛一逛呢，結果這些人就紮堆了要和我擠樓梯……」

「我在自己的房間裡聽見奇怪的聲音，就從天璿館過來了。」大哥又補了一句。「莊凱也是，我倆在半路上碰見的。」

莊凱望著屍體，沒有說什麼。

「很高興看到大家都過來了，這個時候一個人待著反而不安全。事情如你們所見，我和余馥生同學發現了社長，已經不行了。」

秦言婷第一次沒有用全名稱呼社長，大概是顧忌學姊的心情。接著，她又把我們兩人發現屍體的經過簡單說了一下。

「有琴聲，卻沒有人？怎麼會有這種事呢？按你們的說法，剛才有個人在展廳裡彈琴，聽到你們敲門的聲音之後，砸壞了琴，又過來給你們開了門，最後化成煙消失了？是這樣嗎？」

大哥的聲音有些顫抖。他撓了撓頭，突然從口袋裡變出一支菸，叼在了嘴上。這個舉動讓我們都吃了一驚：在這之前，他從來沒有在我們面前抽過菸。看樣子，巨大的壓力已經讓大家變得難以藏匿本性了

「這就是空城計嘛。」

倒是有一個從來沒有藏匿本性的傢伙。

「『城』裡一個人都沒有，這出空城計可是比諸葛亮還厲害。佩服，佩服！」

奚以沫走到屍體邊上湊近看。

「不要破壞現場！」

「我不會的，大小姐。我倒是想問問，這面錦旗是不是你們兩個掛上去的？」

「我們為什麼要做這種事？」

「呼。很好。那你們見過這面錦旗嗎？沒有？我反正見過，你們看，那頭的柱子上是不是少了些什麼？」

我順著他手指的方向看去。離門最近的那根柱子上空蕩蕩的，我隱約記得，昨天參觀的時候，這裡似乎還掛著一面旗。再重新看向奚以沫的時候，他竟然伸手拿起了屍體上面的旗幟。

「喂！不是讓你不要亂動嗎？」

秦言婷似乎真的發火了，這是我第一次聽見她這麼大聲說話。但是，奚以沫依然一副死豬不怕開水燙的樣子，說：「沒辦法，我好奇嘛。喏，你們瞧，這就是那面旗子。」

他把寫有「西」字的錦旗翻過來，果然反面是個「蜀」字。

「這指代的應該是『西城』吧。諸葛亮使用空城計的地點，就在西城。是怕我們看不懂嗎？真是惡趣味。」

奚以沫說完，乖乖把旗子放了回去。

秦言婷歎了口氣。周倩學姊看起來還沒有緩過來，一時半會兒可能沒辦法找她借相機了。她只得又強調了一遍，讓我們注意不要破壞現場。

其實除了奚以沫，沒有人會去碰現場的東西。社長的死，和前兩個人的情況顯然有著區別，因為這次真的發生了很詭異的現象。簡單排成一圈的木板，或者燒焦的屍體，都只是粗糙的比擬，如果沒有掛畫，一般人或許都不會和「八陣圖」或者「七擒孟獲」聯繫起來。這次的要素則非常齊全，古琴、空城都準備好了，在看到掛畫以前，我就聯想到了「空城計」。這給我們的衝擊力，甚至比前兩次事件還要大。

我思考著發生的事情。室內傳來琴聲，敲門之後，還有人摔了琴，然後過來給我們開門。到這裡都還算正常，如果之後出現在我們面前的是某位社員，我一定不會覺得有什麼蹊蹺。然而，在那裡的只有社長的屍體。

在我們進門之前，右邊的門是用門閂頂住的，而左邊的門則是直到我們發現屍體以後都還維持著門閂放下的狀態。我雖然不怎麼閱讀推理小說，但好歹也看過幾集《名偵探柯南》，聽說過「密室殺人」這種東西。一般來說，在這種案件裡，凶手會在離開房間之後，用某種辦法從外面鎖上門。可是，這次的問題並不只是兩扇門都鎖著，還有人在屋裡彈琴和開門。屍體不能彈琴，那是誰彈了琴？是誰給我開了門？一想到這裡，我就覺得渾身發冷。

「學姊有些受不了了。」說話的竟是朱小珠，這是昨天以來，我第一次聽見她正常而冷靜的聲音。「我帶她回房間休息一下吧。」

兩人正要轉身，卻被奚以沫出聲叫住：「不行。你們不能走。」

「為什麼？她很累了，而且在這裡待著也無濟於事……」

「並非無濟於事。不如說，我現在有很重要的事情要說。雖然我是無所謂接下來會發生什麼，但人總有好奇心。你們不想知道剛才發生了什麼嗎？現在開始，我就要告訴你們發生在展廳裡的事，也就是完成『空城計』的詭計。你們兩個不願意聽，是嗎？」

「我們……」朱小珠吞了吞口水。「你說你知道了，真的？」

「是不是真的，你馬上就能知道了。」

我們面面相覷。這轉變實在來得太快，沒想到一直作壁上觀的奚以沫，這回居然在發現屍體後不久就說自己知道了真相。這可能嗎？

「我沒事的，小珠。以沫，那你就說吧。」

得到了學姊的許可，奚以沫立刻從屍體身邊退回，靠近我們。

「這個問題再簡單不過了。你們不是已經把其他的可能性都排除了嗎？開門之前，有人殺害了鐘智宸社長，然後若無其事地在屍體邊上彈琴，摔琴，最後拿掉門閂開門。這一系列動作不在室內完成是不可能的，而你們打開門之前，沒有人從右邊這扇門離開，當然也不能從左邊那扇上了鎖的門離開。那麼答案就很簡單，凶手沒有離開房間。」

「什麼？」

我警覺地四下張望。室內沒有任何可疑人物。

「別看了，我說的是當時，凶手可是早就趁你們盯著屍體發愣的時候，從那扇剛剛被打開的門逃跑了。」

秦言婷立刻反駁：「你想說凶手躲在門後？或許余馥生同學是沒有看清楚，但我立即檢查了門後，沒有發現任何人。」

在我被嚇破膽的時候，她居然做了那種事。自己是不是有點太沒用了呢？我不禁沮喪起來。

「並不是門後那種老掉牙的地方。你瞧，這裡不是有不少柱子嗎？」

「難道是繞柱走？」大哥扭頭，吐出一股白色的煙霧。「你是想說，他們兩個剛剛進屋的時候，凶手躲在柱子後面；之後隨著兩個人的移動，凶手也跟著繞著柱子移動，時刻保持不被兩人看到，直到兩人經過柱子、走到屍體前，柱子後的視野盲區覆蓋了門前的區域，然後再逃跑嗎？」

「很有想像力，但那也不大可能。首先，這兩人不是白痴；其次，凶手又不知道有幾個人會來敲門，如果進來一個觀光旅遊團，他該怎麼繞？」

大哥不說話了，繼續抽著菸。

「那你說的柱子是什麼意思？」

「很簡單。你覺得為什麼凶手會把旗子放在這？」

「欸？」意想不到的問題。「你不是剛剛說過原因了嗎？因為凶手想用『西』字讓我們聯想到空城計發生的『西城』，讓比擬更加逼真……」

「問題不在這裡。我的問題是，為什麼凶手知道，旗子的背面有一個『西』字？昨天我們來參觀的時候，旗子上寫的只有『蜀』和『漢』吧？」

「這……確實……」

「這個『西』字，我推測又是前任館主在風水上玩的把戲，這裡有四面旗子，背面大概就分別是『東』『西』『南』『北』吧。問題是，凶手怎麼知道這件事的？他如果沒有看過旗子的背面，就不可能想到利用旗子來比擬『西城』。我們會在什麼時候看到旗子的背面？」

「把旗子掀起來的時候。」

秦言婷一字一頓地回答。

「正是。所以我立刻猜到，凶手曾經把旗子從柱子上掀起來過。換言之，凶手在殺人的時候，還有心情把旗子掀起來。旗子後面有什麼？當然是柱子。我想，他會這麼做，是因為他遇到了和我一樣的情況吧，就像這樣──」

奚以沫走到沒有掛旗子的那根柱子邊上，突然用肩膀猛地一撞。

「鏗──」

空洞的聲音迴響在沒有窗戶的展廳裡。

「空心的？」

「是的，空心的。四根柱子裡，只有這一根是空心的。」

說完，奚以沫用手在柱子上摸索了一會兒，然後猛地一拉。一塊鐵皮在拉扯下被無聲地打開，露出隱藏在柱子裡的一個空洞。

「這……這是密道？」

「應該不是，只是一根空心的柱子而已，而且裡面坑坑窪窪的，說成是設計時偷工減料都比密道可信。不過，喏，這個大小完全可以藏下一個人。凶手就是藏在這裡面的，等到你們觀察屍體的時候，再打開柱子，跑到門外。在打開柱子的時候，他掀起旗子，看見了寫在旗子背面的『南』字。」

「『南』？不是『西』嗎？」

「這根柱子就是四根柱子裡靠南的一根，當然寫的是『南』。凶手為了比擬『西城』，交換了兩邊柱子上的旗。你忘記了嗎？前天我們參觀的時候，『蜀漢』的旗號還是從左到右，今天就變成從右到左了。」

「我不記得了……」

我確實不記得了，但事後查閱部落格的時候，我證實了奚以沫所言非虛。真是厲害，我只能再次感歎。

「他必須把旗子移開，不然打開柱子逃跑的時候，很可能被你們注意到響動。但是單獨移開一面旗子又太顯眼了，於是他把『南』和『西』的旗子對換，然後用『西』比擬『西城』，讓我們誤會。後面的事情大家都知道了，他鎖上門在屋裡大鬧特鬧，等你們看屍體的時候再逃走……」

「但那是因為我們從右邊的門進來，而這根柱子靠近右邊，他才有可能逃走。你不是說只有一根柱子是空心的嗎？如果我們從左邊的門進來，他要怎麼逃走？」

「你們能進來，是託了誰的福？開門的不是凶手自己嗎？如果你們從另一邊敲門，他只要不理會就好了。」

「那要是我們從左邊撞門呢？」

「那他就放棄密室計畫，打開右邊的門，光明正大地跑掉。總之，這個計畫的主動權掌握在凶手手裡，他很自由。」

奚以沫完成了推理。僅僅從一個「西」字，居然可以引申出這麼多結論。

「那凶手是……」

「不好說，我們中的任何一個人都可能逃到門外，再假裝是剛到。而我們以外的人，也可以暫時藏在洗手間裡，等我們都進了門，再溜走。畢竟洗手間離這裡很近嘛！可惜意識到得太晚了，現在已經確認不了咯。」

「這裡不就只有我們嗎？」

莊凱難得一見地開口了。他的聲音聽上去有點不安。

「不知道，我也只是說，有可能是別人。」

「關於這一點……」

秦言婷瞄了我一眼。我用力點了點頭，表示支持她說下去。於是，她把罐頭數量莫名其妙減少的事情和盤托出。

「原來如此。」奚以沫的語氣裡難得有了些稱讚的意味。「那就可以確認了，凶手是我們以外的某人，他潛伏在七星館裡，而且非常熟悉館內的構造，甚至能想到利用柱子殺人……」

「是嵩楠！」

周倩學姊突然叫了起來。她甩開一直跟著自己的朱小珠，朝我們走了兩步。由於低著頭，一頭長發散在她的身前，使她看上去彷彿從井裡爬上來的貞子；而她的身體則像觸電似的顫抖著，那份戰慄直接傳遞給了我們。

誰也沒見過學姊這副樣子。她帶著哭腔喊道：「是嵩楠，一定是他，他燒死了一個替身，假裝自己死了。這是他家的館，只有他能對密道這麼熟悉，只有他會知道旗子背面寫了什麼字……」

「這可不能說死，任何人只要不小心撞到這根柱子，都可能發現它是空心的，進而掀起旗子一探究竟。」

「但……嵩楠還有殺夢夕和智宸的動機！」

眾人在一片震驚中沉默了。

「對不起，大家，對不起，我早就該說出來的……」學姊結結巴巴地說著。

一度被她嚇得後退的朱小珠，此時又重新回到她身邊，幫她撥開淩亂的頭髮。

「原本，隱瞞這件事情是我、智宸、夢夕三個人的共識，但是在夢夕死去的時候，這個共識就應該已經失效了。看見夢夕的屍體，又得知嵩楠開的車子墜崖之後，我就覺得動機一定是那件事。但是智宸不願意說出來，我就跟著沉默了。如果我不嬌慣他就好了。如果那時候我就說出來的話，智宸也許就不會死……」

她踱步到展廳中間，面向社長的屍體，一隻腳往前微微探了一點兒，最終還是定在原地。或許，她是想最後再看社長一眼，但又拿不出足夠的勇氣。

「社長和夢夕比你們都早一年加入海谷詩社。我是二〇〇三級的學生，我大一那年，幾乎沒有人加入詩社，二〇〇三級的學生除了我以外，剩下的兩三個人只在納新時來過，從來不在活動的時候露面。二〇〇二級的學長學姊們畢業後，就把社團託付給了我。一開始，我一點兒幹勁也沒有，只是因為比較閒才答應下來的。我不是不喜歡詩，但那時候的詩社根本沒有正經的活動，即使對身為社長的我來說，也是可有可無的。改變這一切的是智宸。那年他大二，我大三，夢夕大一，他帶著夢夕加入了詩社。我其實一直不知道智宸和夢夕到底是什麼關係，或許剛剛加入詩社的時候，他們正在交往，後來分手了；也或許他們一直都在交往……我真的不知道，我不知道智宸這個人到底在想什麼。大二的時候，他是個精力旺盛的小夥子，總能冒出各種各樣奇怪的主意。你們現在習以為常的作詩會、討論課、對句大賽等，都是智宸提出的點子，在以前是沒有的。我和我的前輩們把海谷詩社給荒廢了，是智宸讓這片田地重新煥發了生機，吸引了這麼多新夥伴加入，甚至連莊凱這樣的老生都被納新吸引了。海谷詩社能有今天，完全是智宸的功勞。

瞧你們的樣子，都很吃驚吧？確實，智宸現在這副頹廢的樣子，跟過去真是完全兩樣。他和我說過，自己之所以一心想要把海谷詩社弄好，最初只是因為和父親的一次賭氣；然而，隨著相處加深，他真心喜歡上了這個社團。我一直發自內心地佩服智宸。他本來應該能繼續當一個好社長的。一切都發生在他大二下學期的時候，也就是你們入社半年前。當時，海谷詩社的成員，除了我、智宸、夢夕以外，還有一個女孩子，叫祝佳侶，也就是祝嵩楠的姊姊。

佳侶是我的學姊，當時大四，馬上就要畢業了，名義上已經退出了海谷詩社。雖然我剛才說，我和前輩們把海谷詩社荒廢了，但那並不是在指責他們，畢竟那幾年沒有社員，再怎麼努力想拓展活動的前輩，也是巧婦難為無米之炊。佳侶就是一位負責任的前輩，她雖然不像智宸那樣有點子，但為人很熱心，經常幫我們喊人、借場地、印材料。她和嵩楠一樣出手大方，也在社團摸索新活動的那段時間裡贊助了不少資金。總之，她是我們最好的前輩，為我和智宸的社團發展計畫做出了非常多的貢獻，我們也都很感謝她。

那年冬天，海谷詩社終於通過了校領導的考核。原本，由於社員太少，校領導是打算讓我們解散的，多虧智宸和夢夕連夜準備了大量材料，佳侶學姊幫忙整理，最後由我參加答辯，順利得到了校領導的認可。這樣一來，我們不僅暫時不用廢社，還能在第二年的招新活動中贏得一個比較好的位置。這是智宸一年多的努力換來的，我們都由衷為他感到開心。

那段時間，佳侶學姊的畢業設計也通過了，和社團考核在一起，被我們戲稱為『雙喜臨門』。為了慶祝，我們四個一起聚了一次餐。那時我們一定是昏了頭……事到如今，我也不介意告訴你們真相了，即使你們因此覺得我不是個檢點的女生也不要緊。聚餐之後，智宸把我們帶去了夜店，一連換了好幾場。他似乎是夜場老手，我覺得可以理解，畢竟他是那種社會階層的人，想必從小就是文武雙全、能專注也能放縱的類型。

我對那裡的氣氛並不是很熟悉，一開始也非常抵觸。但是，喝了幾杯酒之後，我慢慢地也失去理智了。那後面的事情我都記不清楚，只知道再次清醒過來的時候，我們就已經坐在那輛被撞壞的車子裡了。

我們四個誰也說不清楚大家是怎麼到這兒來的，但我們都看得出，車子是撞到了綠化帶，而開車的人就是智宸。他那時候已經神志不清了，嘴巴裡念念有詞，我從來沒見過他那麼可怕的樣子。我正想打電話叫救護車，他卻按住我，說：『考核怎麼辦？』我花了好幾分鐘才反應過來，他說的是社團考核的事情。如果讓校領導知道我們聚眾出遊、酒駕，海谷詩社一定會被學校下令解散，這一年多來的努力就會全部白費。然後，智宸就說了……他問佳侶學姊，能不能跟他交換一下座位……」

「頂包嗎？」

我的腦海裡浮現出幾條社會新聞。我沒有駕照，並不清楚具體的交通法規，但從常理上判斷，出了車禍，最大的責任肯定是由司機承擔，所以有時為了保護司機，會有在員警趕到現場之前，偷偷讓其他人冒充司機的情況，也就是頂包。酒後駕車的懲罰更重，自然更容易發生頂包行為，前幾年，香港明星謝霆鋒就曾經在酒後駕車出事故後讓司機替自己頂包，自己逃離現場，結果被識破，被判處社會服務來謝罪。

沒想到在我身邊也會發生這樣的事情……不過，社長原本就是個紈絝子弟，聽到是他做出這種事，我竟也不覺得特別意外。

「嗯……佳侶學姊也有駕照，而且她當時名義上已經不在社團裡了，也就是說，只要我們三個逃走，只留下她在現場的話，這件事就和海谷詩社沒有關係了……你們可能會覺得很誇張，很愚蠢，我承認這確實是很愚蠢的行為，但在當時的我們所有人眼裡，社團的考核成果也是我們努力的結晶。現在回頭來看，只會覺得當時的行為非常幼稚，但對於走入社會之前的學生來說，大學就是與世隔絕的象牙塔，它裡面有一個自成一派的社會體系，而社團就相當於我們在自己的社會體系裡運營的公司、企業、事業……那個

「不管怎麼說，也不能為了這種事殺人。」

秦言婷開口了。她冷靜的聲音，讓室內的溫度再度降低。

「如此說來，祝嵩楠同學確實有殺人的動機。他可能早就調查出了真相，然後特意把我們邀請到有問題的七星館裡，完成他的殺人計畫。他也有可能只是昨晚發現林夢夕同學的反應不對，所以在晚宴結束後逼問了她，才得知事情的經過，最後失手殺害了她。可是，我還是不認為凶手是他。因為根據學姊的說法，祝嵩楠應該只對你們三個人懷有殺意，那車子裡的焦屍又是誰呢？難道他為了復仇，會額外再殺一個無辜的人嗎？而且，現在我們都覺得他死了，如果他是假死，就必須殺死我們所有人，才能讓假死變得有意義。但他沒必要做到這一步吧？」

「誰知道呢？他也許準備殺完人之後逃亡，假死只不過是為了拖延我們的時間。至於多出來的屍體嘛，人在這世界上，難道會只有三個仇人嗎？我腦子裡現在也有兩三個想殺的人呢。他既然決定要幹一票，沒準就多殺一個當附贈品呢。」

「你們都不要說了！」朱小珠打斷了秦言婷和奚以沫的針鋒相對。「學姊很累了，應該讓她回房休息了。而且，她現在可能處在危險當中，如果祝嵩楠真的還藏在某處伺機犯案，那麼學姊是最有可能被襲擊的。我現在就要帶她回房間，還要準備足夠的罐頭，能不出門就不出門，儘量把自己鎖在房間裡。而且，現在住在開陽館的人只剩下學姊一個了，我會搬過去陪學姊，你們這些男生裡也應該出一兩個人，住過來，隨時有個照應，難道不是嗎？」

她拉著周倩學姊，後者就像一個漏了棉花的布娃娃一樣任她擺布，仿佛剛才的懺悔已經用盡了其全身的力氣。沒想到朱小珠居然會變得這麼可靠，和昨天慌張的樣子完全不同。或許，我當時的猜測是對的，她的歇斯底里只是順應氣氛的一種表現，而如今表現出的可靠，則是為了迎合新的氣氛——在她眼裡，現在一定是「學姊需要人保護」的氣氛。

真了不起啊。

「我去吧。」大哥拿下菸頭，輕輕地咳嗽了一聲。「但我的體格還是不夠強健，莊凱，你也一起來行嗎？」

「我……可以。」

莊凱沉著地點了點頭。

「那你們快點跟過來。行李就別收拾了！反正也不缺什麼吧？之後再輪班回去拿行李。」

朱小珠帶著周倩學姊走掉了。

「哼。真是沒意思。」

「什麼沒意思呢？是柱子的事情嗎？你不是根據『西』字推理出柱子有問題，而是早就知道柱子是空心的吧，奚以沫同學。你剛才說了『也許凶手遇到了和你一樣的情況』……」

「那當然。我倒是很好奇為什麼你們沒有發現。得知『空城計』的掛畫失竊以後，我的第一反應就是調查這間展廳，因為不管怎麼想，下一次殺人都應該發生在這裡。」

「你早就知道了！」我忍不住叫道。「你早就知道這裡會死人，為什麼不告訴我們！」

「我為什麼要告訴你們？我只是產生了一點猜測而已，不能保證殺人事件會繼續發生，也許掛畫的事情真的就只是惡作劇。畢竟，前面兩起案件都充滿了隨機性，讓人覺得凶手根本沒有計劃。而且，別看我這個樣子，我可沒做過什麼虧心事，不像周倩學姊，平時一副和藹的樣子，暗地裡卻協助過違法犯罪行為……我不擔心自己被殺，你們呢？」

「人被殺並不一定是因為他違反了法律，不如說，正因為這個世界上有很多法律處理不了的事情，才會有為了復仇而產生的殺人事件。奚以沫同學，這是我能給你的忠告。你或許不是一個壞人，但也要注意做事的方式，這也是為你自己的安全著想。順便一提，我不認可你解答的密室詭計。」

「哦?有意思。你覺得哪裡不對？」

「前提不對。」

「前提？」

「使用你說的手法，未必不能成功。但就像齊安民同學提出的『繞柱法』一樣，凶手使用任何案發後躲在室內的詭計，都必須承擔一個心理上的風險：萬一逃走的時候被人發現該怎麼辦？那可就相當於被抓了現行。況且，我們這裡有七個人，發現屍體的人越多，這個手法的成功率就越低。正常人不會用如此不謹慎的手法，僅僅為了比擬『空城計』。再說了，這個手法事後被發現的概率太高了，我們只要稍加調查，就能發現柱子是空心的。不如說，凶手把『西』字旗掛起來，更像是為了誘導我們發現柱子有問題。」

「沒錯，那就是提示，凶手就是希望手法被識破。」奚以沫爽快地贊同了秦言婷的說法。「凶手的目的就是讓我們陷入恐慌，比擬『空城計』能讓我們陷入恐慌，發現柱子有問題則更能讓我們陷入恐慌，在眼前有人被利用空心的柱子殺了，我們就會覺得整座館都有問題，進而被那個來無影去無蹤的凶手嚇得寢食難安。當然，我指的是心裡有鬼的人哦。」

「我贊成你說的一部分——凶手讓我們發現柱子是空心的，是為了讓我們害怕。但還有一個更重要的目的，那就是讓我們把矛頭對準館的主人，祝嵩楠。」

「所以你覺得凶手不是祝嵩楠？」

「少裝了，你也是這麼覺得的，不是嗎？」

「我怎麼覺得可不重要，重要的是真相呀。」奚以沫又一次聳了聳肩，但這次，他的動作卻很急促，看上去有些狼狽。「我不過是把各種可能性羅列出來罷了。你剛才不是給了我一個忠告嗎？為了表示答謝，我也應該給你一個忠告：別太感情用事了。」

奚以沫拍拍自己的衣角，轉身離開了展廳。大哥掐滅菸頭，朝莊凱揮了一下手，兩人也出發了。我看向秦言婷，發現她正站在門邊看著我。

「我還是想拍一下現場的照片，你能幫我去找周倩學姊借一下相機嗎？我在這裡等你。」

「沒問題。」

在這個節骨眼上去和周倩學姊打交道一定很麻煩吧，但我沒有拒絕的理由。我離開天璣館和天權館，穿過空地和餐廳，找到周倩學姊的房間。她一個人坐在床上，一副失魂落魄的樣子。我說明來意後，她指了指書桌的抽屜。相機就躺在抽屜裡最顯眼的位置。

很快我就回到了天璣館，全程沒和其他人有任何一句交談。秦言婷正靠在那根空心的柱子上若有所思。

「你有什麼看法？」

拍過照之後，她突然問我。

「對什麼的？」

「祝嵩楠，還有他們幾個，之間的事情。」

「我不知道。雖然有人會說『死者為大』，但復仇也是人類與生俱來的情感之一。我不支持殺人，但也不是完全不能理解他的心情——如果凶手是祝嵩楠的話。」

「你還是那麼直接。不管怎麼說，你對死者還是有憐憫之情的吧？那就來幫我搭把手吧，我們把社長的屍體放回他的房間。」

「這裡不行嗎？這裡是放藏品的地方，氣密性和溫度都不比客房差……」

「不是保存的問題，是人的尊嚴的問題。」

「你說得對……」

我羞愧地低下頭。

儘管是第二次搬運屍體，這次屍體的重量卻出乎意料的沉。一方面來說，社長的體重可能比林夢夕要更重；另一方面，上回和我一起搬屍體的大哥和莊凱，力氣應該要比秦言婷大不少吧。最後我們還是決定把他移動到隔壁天璿館的空房間去——開陽館實在是太遠了。

還有一件非常重要的事情。拖動屍體的過程中，社長的口袋裡掉出一小包白色的粉末。秦言婷撿起粉末，仔細看了許久，又把它丟給我。粉末裝在沒有任何標籤的塑膠袋裡，顆粒有大有小。

「這是什麼？」

「我也不知道。不過，我有個猜測——你還記得嗎？我提議搜查房間的時候，鐘智宸社長是最先反對的。」

「嗯……」

我們心照不宣地有了結論。這包毒品或許是社長原計劃在週六晚的酒會上拿出來的。聯繫到剛剛聽說的、他經常混跡於夜店的傳聞，我覺得這也不是太令人吃驚的事——雖然這是我個人的偏見。

就這樣，又一個謎題解開了。完成這部分工作後，我們動身去餐廳吃飯，剛走到石子路上就發現了異常：頭頂似乎有什麼東西在飄蕩。抬頭一看，有一根煙囪正發出LED光，在正午的陽光下不是很明顯；但煙囪口冒出的滾滾濃煙，證據確鑿地告訴我們，這座館三層的爐子被人點燃了。再進一步看的話，會發現離地十多米的煙囪尖端，那塊火苗形狀的擋風板上，掛著一塊黑色的破布，正迎風飄蕩……

我數了一下，是第二座館，開陽館——學姊他們現在住的地方。

「出事了！」

秦言婷用力說出這三個字。

我們跑了過去。不久前剛剛去過的學姊房間現在房門大開，朱小珠正抱著罐頭，不知所措地站在那裡。

「出什麼事了？」

「學姊……學姊不知道哪裡去了，我剛剛明明叫她不要離開房間……」

床鋪上還有一個淺淺的皺褶，似乎是人坐過的痕跡，書包則丟在椅子上；洗手間裡還掛著毛巾，洗臉檯的排水口關著，裡面接了一些水。怎麼看都是直到剛才還有人在這裡的樣子，但那個人卻不見了。

「嘖。」

秦言婷扯開嗓子，喊道：「齊安民！莊凱！你們兩個跑哪兒去了？」

十幾秒後，大哥和莊凱幾乎同時打開房門。

「不好意思，我正在抽菸……出什麼事了？」

「我在洗臉。」

「保險起見，我先問一句：你們有人點過三層的爐子嗎？」

所有人都面面相覷。秦言婷跺了跺腳，說了句「跟我上來」，就「蹬蹬蹬」上樓去了。

這是我第一次進入三層。樓梯口正對著的就是燃料室，不，與其說是燃料室，不如單純看成堆積煤炭的地方吧——因為這裡沒有窗戶也沒有房門，只是單純堆了一堆煤炭在樓梯口而已。

看到那堆煤的一瞬間，所有人都明白：一定又出事了。在那堆煤炭上，三張帶來死亡的掛畫並排鋪開：「木牛流馬」「七星燈」和「退司馬懿」，所有的掛畫都在這裡了。

「趕緊開門！」

左右兩邊都是安放爐子的燈室，我推了一下身後的莊凱，自己朝左邊的燈室衝去。

一打開密閉的隔熱門，熱浪立刻裹挾著黑煙衝出。

「不行，可能有毒……快出來！」

我第一次看見秦言婷露出驚慌的表情。另一邊，莊凱也打開了隔熱門，兩邊一起噴湧出煙霧。為什麼會積攢這麼多煙霧？不是有煙囪嗎？

我們狼狽地退回樓梯間，關上逃生門，正好遇到悠閒走來的奚以沫。

「這是怎麼了呀？」

「燒炭……」大哥扶著額頭。「可能有人在上面燒炭……」

「吸了那個會中毒的。不完全燃燒的時候，會生成很多一氧化碳。」

「那可真是危險。還好建築師給樓道設計了門，大概就是為了應對這種情況的吧。不過是誰在午飯前打開爐子的呢，難道是罐頭吃膩了？話說回來，我怎麼覺得少了一個人呢？」

「學姊！」

朱小珠反應過來。她衝向逃生門，我和大哥趕緊拉住她。

「現在不能進去，你也會中毒的！得等煙囪把煙霧都排掉。」

「可是，如果學姊在裡面的話……」

「安心吧。如果她在裡面，應該在你們注意到爐子被人點燃的時候，就已經沒救了。」

「你會不會安慰人！」

「哎呀，難道先騙她說『會沒事的』，再給她看一具屍體，就叫作仁慈嗎？」

現在誰也顧不上和奚以沫吵架了。總之，我們努力壓住了朱小珠。大家退到隔壁的玉衡館，從視窗觀察煙囪，直到二十多分鐘後，它不再冒出濃煙。回到出事的樓層，打開逃生門，屋子裡已經見不到多少煙霧了，煙霧應該都順著煙囪出去了。

我們一步一步走進燈室。左邊的燈室裡只有牆上已經熄滅的爐子。被放進去焚燒的煤炭應該不多，這麼快就燒完了。右邊的燈室裡，趴著周倩學姊。

「死了。」

奚以沫簡短地說完，不顧秦言婷的呼喊，把屍體翻了一面。一張被塗得漆黑的臉赫然出現，如同惡鬼一般。

「這是……被煙熏的嗎？」

「不對，她是趴著的。這應該是主動用煤在臉上塗的，是比擬。」奚以沫放下屍體的衣領。「一次比擬三幅掛畫，真是心急啊。」

「哪裡有比擬了？第四幅掛畫不是『木牛流馬』嗎？」

「木牛流馬只是諸葛亮發明的一種運輸糧草的交通工具，並不是某個單獨的事件。製作出木牛流馬之後，諸葛亮還曾經派遣士兵戴上面具，穿上奇裝異服，披頭散髮，扮成鬼神，驅趕著木牛流馬去收割成熟的麥子。司馬懿原本派兵準備伏擊他們，結果見到這麼一幫不知是人是鬼的東西，嚇得不敢貿然行動，最後就讓蜀軍順利運走了軍糧。學姊的臉被塗黑，是比擬『木牛流馬』和『扮鬼割麥』的事情；在燈室點火、點亮煙囪，是氣體就不會向外排出，可以在運送病人時起到隔離作用。換言之，每一輛負壓救護車，就是一個移動的汙染艙，裡面的所有工作人員都必須穿上厚重的防護服。

「哎呀，那可真是難忘的經歷啊。當天報名，第二天就走了。那防護服，老記不住穿和脫的步驟，可麻煩了。輪班都是二十四小時制，幹滿一整天，歇滿一整天，有緊急情況也得披掛上陣……你是作家，對吧？我建議你有機會，拿咱們救護車司機這個題材寫點小說吧。這可是牽動全國的大事呀！人人都會愛看的。」

白越隙苦笑了一下。他覺得疫情這樣的話題，就像泰坦巨獸的身軀，是自己無法駕馭的沉重物件。他所能做的，最多只是觸碰一下它的皮毛，感受在那冰冷堅硬的表皮下奔湧的、巨大而溫熱的血液。

「我會考慮的。不過，這次是受人之託，只能先完成工作了。」

「噢噢，對，對。」

邱亞聰拍了兩下手，一副非常惋惜的樣子。

「那咱說正事。是趙女士找你來的嗎？」

「是的，趙喬女士拜託我為趙書同先生立傳記。」

這當然是謊言。謬爾德不知通過什麼手段，掌握了當年趙書同的私人司機的聯繫方式。然而，白越隙卻沒有接近他的理由。好在，趙家最後的血脈——趙喬，在親人相繼去世後，跟著丈夫離開浙江，搬去了夫家，和以前的朋友們斷了聯繫。而邱亞聰更是早在趙書同去世的二〇〇四年，就被趙果和許遠文夫婦辭退。事到如今，他和趙喬幾乎不可能有交集，因此白越隙決定冒充趙喬雇用的寫手，直接採訪邱亞聰。

「趙女士希望我能儘量以客觀的視角寫作，要求我先自己收集素材。所以，我現在基本上是以一張白紙的狀態，在記錄趙書同先生的歷史。因此，還請您盡可能詳細地回答我的問題，在我這張白紙上勾勒出趙先生的形象。」

「呵呵，不愧是作家，說得好啊。你問吧，什麼都可以問，隨便問。」

「十分感謝。那麼我就開始了。請問您是哪一年來到趙家工作的呢？」

邱亞聰眯起眼睛，似在回憶。

「那時候我還不到二十歲呢，大概是十九歲……對，十九歲的時候。二〇〇一年吧。」

「是別人介紹您來的嗎？」

「對。當時人人都知道浙江有個趙書同哪！他原本的司機太老，辭職了，他想找個年輕的，剛好他家有個僕人跟我同一個鎮，那會兒我開公車呢，他把我推薦過去了，試了一下還行，就幹下來了。哈哈，時間過得真快，現在我也老大不小的了……」

「您說『人人都知道趙書同』，他當年非常有名嗎？」

「那可不。他厲害呀，真的厲害。一個外地人，沒親沒故的，能把公司做得那麼大，可不厲害嘛。」

「他是哪裡人呢？」

「啊，對。你已經瞭解到啦？」

「略微瞭解了一點兒。」

「那個人是真的不行呀！真不知道他現在在做什麼。」邱亞聰似乎不知道許遠文已經死了。「我倒不是說他是個壞人，他人不壞，但就是真的沒有能力。他好像是個什麼建築師，這就很成問題了，你想，堂堂房地產公司總裁的女婿，居然幹的不是管理層的工作，而是個基層員工，這不是很丟人嗎？當然了，因為趙先生心目中的接班人應該一直是趙思遠少爺，本來也輪不到姓許的管事。但趙思遠少爺走得早，趙先生只好把繼任者換成公司裡的外姓幹部，總之輪不到長女家。這還是說明他沒有才能嘛！」

白越隙在腦子裡快速處理著邱亞聰的話。根據之前看到的報導，許遠文經常出席趙家的相關活動，他以為這是許遠文受到趙書同器重的表現，但邱亞聰卻並不這麼認為。看來，許遠文之所以頻繁出席活動，只是因為趙思遠身在外地，趙家需要有一個年輕男人裝點門面。換言之，就是替代品。

但白越隙還是認為，趙書同對許遠文並無惡意。他把女兒嫁給許遠文，即使不是看重他的才能，也不至於看輕他的人品。對趙書同來說，許遠文應該是個可以信任的老實人。

「趙先生去世以後，大女兒趙果繼承了大部分的不動產，小女兒趙喬繼承其他財產。不動產大王的不動產呀，那得多值錢！放到現在，得幾千萬、幾億了吧！但那個許先生啥都不懂，他變賣了不少房產，去投資什麼黃金還是什麼的，結果賠得一塌糊塗！你說是不是蠢？」

白越隊違心地點了點頭。其實，十幾年前的人，很難預測到房價會有今天這麼誇張的漲幅。但事後諸葛亮總是不用負責任的。

「唉，真是一手好牌打得稀爛。那之後我繼續給趙果女士開車，偶爾也載許先生，但他從二〇〇六年開始出差就很頻繁，好像是被投資的事情搞得焦頭爛額了。我一直幹到二〇〇九年，趙果女士去世的第二年。她也是操勞成疾，真不值得……她去世以後，許先生的資產也用得差不多了，坐不起車了，就把我辭退了。」

說到這裡，邱亞聰咬牙切齒，不知道是在為許遠文間接累死妻子生氣，還是在為自己被辭退生氣。

「後來我託朋友的關係，到醫院開救護車，每個月幾千塊的待遇，不比在趙家差，日子過得還是挺不錯的……啊，不好意思，說的不是我的事情吧？你瞧我，一不留神就扯遠了。」

「沒關係，您說的都是非常有幫助的話。我這裡還想請教您一個問題，您有沒有聽說過『七星館』這個名字？」

「『七星館』？那是什麼？」

「應該是趙先生的私宅，大約二〇〇三年開始建造，地點應該是在趙先生的故鄉吧，負責人是許遠文先生。」

白越隊想起許遠文在新聞報導裡用了「榮歸故里」這個詞。七星館應該位於趙書同的故鄉，但邱亞聰並不知道那是哪裡。看來暫時還沒有辦法實地考察七星館啊。

「沒有聽說過……等一下，又是二〇〇三年？那年事情實在太多了，『非典』、趙思遠少爺去世，都是那年。你這麼說，我有點印象了。那年夏天，有段時間，趙先生經常在車裡打電話，說什麼『快一點』『沒有時間了』『趕快準備』之類的話。我後來才聽說那是在給許先生打電話。說起來，那半年多也沒見過許先生。該不會他們當時就是在蓋那個東西吧？」

很有可能。從時間上來看，二〇〇四年秋天趙書同去世的時候，七星館已經存在了，並且媒體稱其為「一年前修建」的。那麼，許遠文在趙書同的指揮下建造七星館的時間，也就只能是在二〇〇三年到二〇〇四年的這段時間裡。雖然不知道七星館到底長什麼樣，但怎麼也得花個一年半載的時間來建造吧。那麼，二〇〇三年夏天就是最後的期限了。

可是除此之外，邱亞聰就很難再提供什麼有關七星館的情報了。

「……基本就是這樣了。這次我可是毫無保留，全部，原原本本，都說給你聽了。雖然我覺得大部分都是沒用的情報。怎麼樣，你那值得用一隻眼睛來交換的智慧，是不是總結出了什麼東西?」

白越隙悶在旅館裡，和謬爾德用微信通話。數分鐘前，他幾乎把整間客房翻了個底朝天，才找到寫有 WiFi 密碼的卡片。

「事先聲明，我不是煉製可疑藥劑的巫婆，也沒有拿走你一隻眼睛的惡趣味。我只不過是讓你成為我的耳目而已。從結果上來說，你確實起到了耳目的作用，但我可以說你有眼無珠，畢竟你明明得到了那麼重要的情報，卻說它『沒用』。」

謬爾德的聲音懶洋洋的。白越隙能想像出他趴在熊臉靠枕上打哈欠的樣子。

「我從中午十二點到現在，七個小時，給你打了多少次電話，都可以截圖發到網上編段子了，可你一個也不接。我以為你是在做白日夢，你現在卻擺出一副好像剛剛跑完馬拉鬆的態度，愛答不理的，也不想想是誰在浙江幫你採訪呢!」

「我確實是睡了個好覺，但那不代表我現在就該很有精神呀。睡眠只是人類休息的一種手段，既然是手段，它就不一定有效果。我可是在夢裡解決了一樁連續密室殺人案，只可惜凶手用的手法太異想天開，居然說那棟房子會豎著像海盜船一樣打轉。你願意在下一本書裡用這個詭計嗎?如果你回答『好』，我就會在你坐動車回來之前，把你的房間裡的私人物品收拾打包好，寄到浙江，再給公寓的防盜門換一把鎖。」

「好。」

「算了，我又改變主意了。反正日本有個姓周的也寫過這個詭計……」

「那你就快打起精神來，教教我，到底是哪裡被我看漏了。」

白越隙也順勢躺到床上，還留在桌面上的手機被耳機扯了一下，在危險的位置保持住了平衡。今天早上，聊完七星館之後，他又和邱亞聰聊了些無關緊要的話題，諸如趙書同每天晚上十一點會準時睡覺啦，所有領帶都有斑點圖案啦，辦了健身卡但每年只去兩次啦，喜歡吃麻辣火鍋啦……到最後，他和這位性格嚴謹的救護車駕駛員幾乎成了朋友。臨走時，兩人加了微信，邱亞聰的頭像是一隻灰色的兔子。他小跑著離去的樣子，真的讓白越隙聯想到《愛麗絲夢遊仙境》裡帶著懷錶的那隻兔子了。

只可惜，他還是在朋友圈裡遮罩了邱亞聰，這是為了避免將來被邱亞聰發現，自己並不是受趙喬委託來寫傳記的作家。

「你沒有看漏什麼，不如說，你查到的東西完美印證了我的猜想。雖然就算沒有你，我也已經把七星館的事情查得差不多啦。」

「好啊，原來你還留了一手。我就說憑你的本事，怎麼會只能請到趙家的司機，好歹也得讓我採訪一位南陽房產的中高層職員才對，原來是你自己把肥肉撿去吃了！」

「別冤枉我呀，你不是人在浙江嗎？剛好那位司機也在浙江，我才派你去查的。總不好讓你再跑去別的省吧？現在的全國『健康碼』能夠記載你十四天內去過的所有省市，要是讓人看見你的記錄像美髮店的帳單一樣莫名其妙地長，沒準連計程車都不願意載你。」

「你在外省？不對，應該是你用網路問了外省的人……」白越隙梳理著耳機線，腦子裡回憶起邱亞聰說過的話。「你找到趙書同的家鄉，也就是七星館的位置了？」

「可以說找到了，也可以說沒找到。」

「說得好。你什麼時候去當新聞發言人？」

「我只是說出符合事實的話。那位司機不是已經告訴你了嗎？七星館所在的地方，也就是趙書同的家鄉，已經消失在地圖上了。」

「我知道海平面一直在上漲，為了保護環境，我也在減少牛肉的攝入量。但是這八十多年來，難道世界上有哪塊土地已經消失了嗎？」

「小白呀，我知道你是理科生，但也該稍微補一補政史地的內容。」耳機裡傳出謬爾德的嘲笑聲。「算了，總之你就放棄實地考察七星館，直接從浙江回來吧！我可不希望你在入省的時候被隔離十四天，那我可就太寂寞了。我直接把我查到的東西告訴你好了。」

「根據南陽房產的會計記錄，從二〇〇三年六月起，許遠文開始大量裝運建材，而且是加工裝配好的一體化建材。簡單來說，就是在南陽房產自己下屬的工廠裡，把牆體、地板、煙囪之類的零件加工好，再用動車運輸到七星館的選址上組裝。這其中還有個插曲，他花了半年多的時間做零件，到二〇〇四年二月開始才突然大量裝運，推估是前面拖了太久，被趙書同催促了。總之，他蓋七星館，用的是一種工業化生產思路，能夠加快建造速度，並且滿足一些苛刻的建築要求，國內第一次大量投入使用應該是在二〇〇九年，萬科集團在北京建造的。而趙書同和許遠文的做法比他們還領先了六年，這說明了什麼？」

「你不是自己說出來了嗎？因為他們想加快建造速度，以及滿足一些苛刻的要求。」

「在考試的時候照抄標準答案可是要扣分的，這至少說明了兩件事。一、趙書同非常著急，想盡可能早地看到七星館竣工。這和邱亞聰的證詞不謀而合。二、七星館在外形或者建材上，有一些苛刻的要求。這兩點合起來，很容易推導出一個結論：七星館有一種特殊的用途，而趙書同急迫地想要實現這項用途。

「那麼，這項用途具體是什麼呢？值得注意的是，我在會計帳目裡發現了一件非常有趣的事情：許遠文在定做建築物零件的時候，準備了七根煙囪，而且每一根煙囪都造價不菲。我想，那煙囪要麼很長，要麼就是內部有什麼高科技機關。」

「七根？總不可能七根煙囪插在一間房子上吧……」

「你想每天過七歲生日嗎？當然不是那樣，許遠文雖然是庸才，但也不至於造出那種生日蛋糕一樣的房子。七星館其實是七座館，這才是最有可能的答案。」

「七座館啊……每座館上插一根煙囪？怎麼聽著這麼醜呢。」

「因為你缺少一對發現美的耳朵。我都說到這份上了，你應該多少也有察覺到才對。趙書同建造七星館的理由，到這裡已經昭然若揭了——如果你能猜出七星館的形狀的話。」

「對了，諸葛亮⋯⋯我想起來了，七星館是為了紀念諸葛亮而建造的。那就只有一種可能了吧，和諸葛亮有關的，七星——是諸葛亮點七星燈的典故？」

「你之前不是問我，為什麼知道趙書同和諸葛亮有關嗎？其實線索隨處可見。首先，他的公司叫『南陽房產』，南陽就是諸葛亮出山之前隱居的地方，『南陽臥龍』『南陽諸葛廬』等說法都是由此而來。其次，他給自己長女取名叫趙果，在野史裡，諸葛亮的女兒就叫諸葛果，這個說法起源於清代張澍的作品《諸葛忠武侯文集》。之後他大概是想生個兒子，沒想到還是女兒，他只好借用諸葛亮的外甥諸葛喬的名字——此人後來過繼給了諸葛亮，成為諸葛亮的養子——把二女兒命名為趙喬，這個名字比較中性，可以接受。最後，他終於得到夢寐以求的兒子，立刻將其命名為趙思遠。這來自諸葛亮的長子諸葛瞻，此人名瞻、字思遠。最後就是在晚年修建七星館的行為了。」

「這⋯⋯與其說他是諸葛亮的狂熱愛好者，不如說，他是在自比諸葛亮⋯⋯」

「正是如此。在趙書同眼裡，他自己就是諸葛亮。」

謬爾德用力說出這句結論。

「七星燈的別名就是『招魂燈』，最早可以追溯到商朝，但在民間傳說裡，最有名的七星燈使用者，就是三國時期的諸葛亮了。三國後期，他帶領軍隊六出祁山，討伐魏國，直至心力交瘁。他自知命不久矣，但大業未成，為了繼續完成理想，他決心使用道法，在五丈原布置祭帳，點起七星燈，每天白天處理軍務，晚上徹夜祈禳。按照他的說法，如果七天之內燈不滅，就可為自己延長十二年壽命，否則必死無疑。可惜天命難違，燈在第七天被闖入帳篷報告軍情的魏延踏滅，諸葛亮自此一病不起，很快就去世了。

「二〇〇三年，趙書同遇到了一樣的危機，他經歷了白髮人送黑髮人的痛苦，自己的身體狀況也大不如從前。他無比痛恨奪取兒子生命的『非典』疫情，為此，他為疫苗的開發工作投資了大量金錢。在他看來，這是一場和『非典』的戰爭。雖然現在我們知道『非典』疫情只持續了半年多，在二〇〇三年七月就基本結束，比如今的新冠肺炎疫情要短多了；但對當時的人來說，鋪天蓋地的新病例不斷出現，如潮水一般看不到盡頭，親人也在眼前離世——趙書同會覺得，這將是一場持久戰。即使疫情暫時得到控制，他也誓要徹底消滅『非典』。

「但是，疫苗的研發工作是非常緩慢的，因為每一步都需要特別慎重地進行。一般來說，一款疫苗從研發到臨床試驗，再到上市，要經過八年以上的時間。趙書同覺得自己已經沒有那麼多時間了。對自比諸葛亮的他來說，與『非典』的戰爭，就像諸葛亮發起的伐魏戰爭，不管花上多少時間，他都要打贏。不就是時間嗎？這一輩子，他靠時間戰勝了太多對手。兒時的戰亂，他忍了過去；『反右』期間的迫害，他忍了過去；樓市泡沫的危機，他忍了過去……對他來說，只要自己不被打倒，只要自己還有時間，勝利就不會棄他而去。所以，他需要的只有時間。為了得到更多的時間，他修建了『七星館』——以此向上天祈禳，延長自己的壽命，直到『非典』被徹底消滅的那一天。」

白越隙安靜地聽著。直到此時，他對趙書同才有了一點模糊的印象。棱角分明的臉，銳利的眼神——拍下那張證件照的老人，有著對抗天災的毅力。

「我推測，組成七星館的七座館，應該都被做成了漢代油燈的形狀，而且可能真的設計了點燃的功能，可以進行儀式，祈禱延長自己的壽命。事實上，古時候不是沒有使用七星燈的成功案例，根據民間傳說，明朝的劉伯溫就曾經和諸葛亮一樣點七星燈為自己延壽，並且真的成功延長了十二年的壽命。趙書同一定真心認為自己能夠超越命運、超越諸葛亮，所以他不僅要做儀式，還要做得很大，利用自己幹了半輩子的房地產事業，造出一組最大的、獨一無二的七星燈。我想，他最後那段時間裡，可能已經陷入瘋狂了。

「很可惜的是，七星館剛剛建成，趙書同就病逝了。希望成為諸葛亮的企業家，最終走上了和諸葛亮一樣的命運。在他死後十六年的今天，『非典』的疫苗依然沒有被正式研發出來。

「當年參與這個計畫的工人們，要麼負責在南陽房產總部生產零件，要麼負責在當地拼裝，彼此沒有交集，真正全程在兩頭幹活的只有許遠文一個人。他本來或許打算拆除這個瘋狂計畫的產物，但妻子患癌，他需要錢，趙書同的遺產因為投資不善已經虧得差不多了，他只得轉手把七星館賣給其他有錢人。這個舉動，直接導致他丟掉了性命。」

「等一下，你說什麼？」

白越隊這才想起來，自己的初衷是調查許遠文和黃氏兄弟的聯繫。

「你還沒告訴我這一切和黃陽海的手記有什麼關係呢。就算是七星館……啊，難道，黃陽海看到的景象，是七星館裡的景象？」

他在小說裡見過類似的情節：由神祕建築師設計的大宅，能夠利用內部隱藏的機關，製造各種詭異的現象。但謬爾德立刻打破了他的幻想。

「我不知道你是如何想像七星館的，在你的腦海裡它是不是變形金剛的樣子？」

「那……那這兩件事的關聯到底在哪兒呢？」

「我只有一個猜測。雖然是沒有根據的猜測，但我相信那應該八九不離十了。你知道『藏葉於林』的道理吧？你肯定知道，因為印象中每次我都會問你這個問題。」

「當然知道。但現在我們手裡只有兩片葉子，哪來的樹林？」

「何止兩片呢？你還記得你列了五個問題吧。啊，現在應該更多了吧？」

白越隊回憶起自己出門前列出的疑問：

一、積木搭建的花園為什麼會成真？

二、「黑洞」卡牌為什麼會反復出現？

三、最後出現的房間、「太空人」和一對男女，代表著什麼？
四、「阿海」最後怎麼樣了？
五、手記最後的血手印意味著什麼？
「確實，現在更多了，而且這五個疑問都沒有得到解答……」
白越隊在心裡列出了新的疑問：
六、許遠文為什麼會在密室裡墜樓？
七、許遠文死前一周遇到的「幽靈」事件是怎麼回事？
八、黃陽山、黃陽海和許遠文之間有何關係？是黃陽山殺害了許遠文嗎？
雖然他對七星館在哪兒、七星館和這一系列事件有什麼關聯也抱有疑問，但轉念一想，如果不是謬爾德煽風點火，他根本不會去特別關注七星館這個地方。就算知道了七星館是趙書同為了延續自己壽命而建造的瘋狂建築，這也對他最初的目的——揭開手記的真相——毫無幫助。
「我能想到的只有八個疑問，難道你要說，這些疑問裡只有一個是重點？」
「不，它們都不是重點，只是它們之間有一種共性。它們全都綁定在一條繩子上，只要意識到這一點，我就能用一句話解釋這八個疑問。」

「一句話？這不可能。你這種說一句『早上好』都要繞兩個彎子的人，怎麼可能用一句話解釋八個謎團？」

「我說可以就是可以。而且，這句話連逗號也不用加。」

白越隙想像著謬爾德表演相聲《報菜名》的樣子。

「你是不是在想很過分的事情？」

「沒有。」白越隙歎了口氣。「這次是我輸了，我不認為你會在沒有把握的情況下誇這種海口。我能回福建了嗎？我會履行約定，幫你拖地的。」

「嚴格來說，我也沒有百分之百的把握，但至少也是百分之九十。如果能找到缺失的最後一環，就可以說是百分百了，但這種事情不能強求，畢竟不是每座暴風雪山莊裡都有願意勤勤懇懇記錄殺人事件的人。」

「暴風雪山莊？」

「啊，沒什麼，是我自言自語。算你走運吧！如果找到了那一環，你可能就不止需要拖八個月的地板了。」

「已經加價了？」

八個月也認了吧。白越隙安慰自己，想用這個題材寫小說的依然是他，最終獲利的依然是他，謬爾德還是在給他打工……

他不顧謬爾德的笑聲，掛斷了微信電話。這時，他才注意到，在兩人通話期間，微信收到了不少新消息。

「微博轉發抽獎啦！兩本《屋頂上的小丑》。」

「膝蓋疼怎麼辦？三個簡單動作來拯救！」

「在嗎？我找到了不得了的東西，看到快回復。」

在親朋好友群裡的各種垃圾資訊之間，他發現張志傑的動漫人物頭像上亮起了紅點。

「我在，怎麼了？」

幾分鐘的等待。

「我後來拜託我媽找一找舅舅的遺物。」

「就是她當年去浙江收回來的那些。」

「都放在一個鐵盒子裡了，收在床底下。」

「她拖了好幾天，我都回北京了，她才把盒子找出來。」

「拍照發給我看，裡面主要就是他的駕照、錢包之類的小玩意，但是我從照片裡發現了一個隨身碟。」

「是那種看上去和鑰匙扣差不多的隨身碟，我媽不認得，一直以為只是裝飾品。」

「我想那裡面很可能有你需要的東西，我就讓我媽寄給你吧？」

白越隙立刻打字：「這樣好嗎？是你舅舅的遺物吧。」

「你看完還給我不就好了嘛。」
「真的？太感謝了！」
他想起謬爾德上次的所作所為，又留了個心眼：
「我發個位址，你寄到這裡來吧。不要寄到上次那裡。」
「又搬家了？」
「不是，最近去那裡比較方便。」
他報出學校的收件地址，又立刻聯繫以前的舍友幫忙代收。安排好一切後，他買下第二天中午的動車車票。這次說什麼也要在謬爾德之前得到情報。沒準，所有謎題的答案，都會在那個隨身碟裡。

八　散花

已經不行了。

對了，隨身碟。記錄到隨身碟裡。

我必須把這一切記錄下來，僅僅是存在電腦裡已經不夠了，還需要在隨身碟裡備份一份。幸好我口袋裡的鑰匙串上，還有鑰匙扣式的隨身碟。那是去年在學校組織的義賣活動上順手買下來的，之後用來拷貝過幾次課件。沒想到如今會以這種形式派上用場。

事到如今，我終於感受到近在咫尺的生命危險。我甚至已經沒有能平安下山、連接網路發部落格的自信了。沒想到事情會變成這樣，看到所有掛畫都出現的時候，我還以為殺戮會到此為止，為什麼會變成現在這樣呢？

大家都死了。有人死在密室裡，有人從密室裡消失不見，還有人被砍掉了腦袋，而且那具沒有頭的屍體還自己跑到了外面！

啊，不行……我不能這個樣子。我必須冷靜下來。現在我必須冷靜下來。

讓我想想如何記錄吧。我要按順序記錄……

對了，從上次中斷的地方開始吧。

昨天中午，發現周倩學姊的屍體之後，奚以沫通過推理指認出了凶手。因為忙著把凶手關押起來，我們手忙腳亂的，所以我睡前偷了懶，只記錄到奚以沫開始推理之前。唉，早知道就不偷懶了！現在這個樣子，我還有辦法把之後發生的事情記錄下來嗎？

但我必須記錄下來，說什麼我也要記錄下來。還剩下一個多小時……

我想，很久以後，總有人會找到我的記錄的。

當時，奚以沫把我們帶回餐廳。我還以為他說「泡杯咖啡」是說笑的，沒想到他真的從廚房的櫃子裡翻出了即溶咖啡包。可惜，我們誰也沒有心思喝，他就只給自己泡了一杯。

「我該從哪裡開始說？」

「我們怎麼知道你在想什麼。如果是自首的話，就從最開始說起吧。」

「如果我是凶手的話，在這種情況下是會放棄抵抗，直接自首的，但很可惜，我不是凶手。那我就從發現周倩學姊的屍體開始說吧。那之前，我們看見煙囪上有一塊黑布，對吧？」

「是的，我和秦言婷都看到了，然後你說你也看到了……那是怎麼回事呢？我想不出凶手該怎麼把布掛得那麼高，但如果凶手是祝嵩楠的話就有可能了，因為他或許知道讓煙囪升降的機關……」

「很遺憾，恰恰是那塊布說明，凶手不是祝嵩楠，因為祝嵩楠知道煙囪上的機關。」

「什麼意思？」

「那塊布，或者說，原本是『那團布』——是用來堵住煙囪的。你們想，既然三層有煙囪和排氣裝置，學姊要怎麼被一氧化碳毒死呢？燒炭自殺的時候，不都是先封死門窗，然後才動手的嗎？而且我們把門打開的時候，大量煙霧噴了出來，說明在那之前，室內已經聚集了大量煙霧。這就說明煙囪本來是堵上的。」

「可煙囪沒有堵上呀，我和秦言婷也看見煙囪冒煙了，你不也看見了嗎？」

「白痴，我不都說了嗎？黑布是用來堵煙囪的，你發現情況不對的時候，黑布已經掛在煙囪上了，煙囪自然就會冒煙了。只是因為之前積攢得太多，煤也還在燃燒，不斷生成新的氣體，所以到我們上樓的時候還沒有排乾淨。還記得第一天晚上，祝嵩楠給我們表演節目的時候嗎？他回到燒烤地點之後過了一會兒，各個館的煙囪才亮起來，說明LED燈的控制系統是存在延遲的，所以你剛才看到煙囪是亮著的，就足以說明，煤已經燒了一陣子了。」

「難道說……那塊布是被煙推上來的？」

「正是。我估計那塊布原本是蓋在燃料室的煤堆上的，畢竟人們也不會直接把煤堆在樓道裡，多少得有個遮擋。凶手就地取材，用布堵住煙囪，把不能行動的周倩學姊關在裡面，然後點火。他這一次殺人幹得很急，大概是因為他知道周倩學姊即將被我們保護起來的緣故。可是，七星館裡大部分構造都是一體化的，估計是事先加工好再運到這裡來拼裝的吧！總之，建築內沒有太多粗糙的連接處，煙囪內壁也比想像中要光滑，堵在這裡的一團布只能做個樣子，並不能真的封死煙囪。隨著室內氣體的增多，氣壓越來越大，彙聚在煙囪口，最終將那團布頂了上去，越頂越高，最終噴出煙囪口，掛在那上面。這就是我們看到的景象了。

「那麼會是誰做下這種事的呢？有三種可能：祝嵩楠，學姊自己，或者我們中的一個。」

「為啥也算上學姊！」

朱小珠抗議道。

「我這只是為了嚴謹，但首先就可以排除學姊。因為她的死因並不是一氧化碳中毒。一般燒煤殺人本來就很不保險，煙囪堵得也不嚴實，作為殺人手段來說實在是下下策。一般的暴力罪犯或許會在時間緊迫時留下紕漏，但從這幾天的觀察來看，凶手是一個思維縝密的人，既然他急於殺死學姊，那麼他最先要保證的一件事，就是學姊會死。所以，即使他在其他地方犯錯，也不會在最重要的致死性上心慈手軟。學姊是被殺之後轉移到這裡的，我剛剛摸過她的衣領，是濕的，我想，凶手是把她按進房間的洗臉檯，把她溺死的吧！」

我確實記得，剛才尋找學姊的時候，她房間的洗臉檯裡盛了水。沒想到那竟是殺人道具，我感到一陣反胃。

「在沒有專業法醫在場的情況下，這種死法最不容易被我們看出破綻。我想凶手可能計畫事後再進一步損毀屍體吧，在我們下山之前。所以學姊肯定不是自殺的。

「那麼，會不會是祝嵩楠下的手呢？有兩個證據可以推翻這種觀點：其一，祝嵩楠不知道我們計畫把學姊保護起來，所以他不會採取這麼急躁的辦法；其二，祝嵩楠不會用布團來封鎖煙囪，因為——就像余馥生剛才說的，煙囪裡其實是有機關的。你們看到煙囪口那塊紅色的鐵片了嗎？之前我們一直以為那是擋風板，或者扮演七星燈頂部『火苗』的道具，但其實那塊鐵片還有別的用途。我剛才發現，煙囪內部有個拉杆，邊上寫著『拉動拉杆封閉』。我猜，只要拉動拉杆，那塊鐵片就會蓋下來，把煙囪閉合。我也不知道這種設計有什麼用，或許在清洗煙囪的時候用得上？你們如果有誰不信，可以過來拉一下試試。」

「我試試。」

大哥主動上前，把身體鑽進煙囪裡。裡面傳來他費力拉扯拉杆的「吭哧」聲。過了一會兒，他探出身子，臉上滿是煤灰。

「確實能關上。」

我也上前確認了一下，此時透過煙囪口已經看不見天空了。

「懂了吧？如果凶手是祝嵩楠，他就用不著拿布團堵煙囪，因為他身為這裡的主人，肯定知道拉杆的存在，所以凶手不是他。那麼就只剩下我們中的一個了，我，你們五個，一共六個嫌疑人。」

「你也知道自己有嫉疑啊。」

「但我能夠排除我自己。你們想，為什麼凶手要給學姊的臉上塗滿煤灰呢？」

「那還有什麼為什麼，不就是為了比擬『扮鬼割麥』的典故嗎？」

「掛畫裡的『扮鬼割麥』並不是把臉塗黑，而是讓士兵戴著面具吧？在天璣館的副展廳裡明明就擺著面具，使用面具來比擬，要比煤灰契合得多，而且事後不需要去洗掉手上的煤灰，怎麼想都是更好的選擇。為什麼凶手不用面具呢？」

「因為沒辦法取得面具吧。」

秦言婷好像已經跟上了他的思路。

「是的。凶手當時非常著急，他需要立刻殺害學姊，一刻也不能晚，沒有返回天璣館伺機盜取面具的時間了。所以，凶手應該在『沒有機會偷面具』的人之中，只有滿足這個條件的人，才會被迫用煤灰去塗學姊的臉。但我的行蹤你們誰也不知道吧？如果我是凶手，在你們解散之後，我完全可以趁亂偷走面具，溜進開陽館，將學姊殺害，再翻窗離開，回到自己的房間，之後假裝若無其事地過來和你們一起發現屍體。換言之，我沒有不在場證明，我有機會偷面具，所以我不是凶手。」

這傢伙，居然利用自己沒有不在場證明這一點來擺脫嫌疑！但我想不出該如何反駁他。

「另外還有兩個人的行動是自由的，那就是秦言婷和余馥生。我剛才聽你們講了自己的行動，余馥生曾經把秦言婷留在社長的屍體身邊，一個人去找學姊借相機，對吧？那個時候你只要有心，就完全可以順道偷走面具，過去殺了人，再回來。而秦言婷在這段時間裡也是獨處的，也有機會拿走面具。既然凶手沒有拿走面具，那麼你們兩個就都不是凶手。除此之外，秦言婷還有更完整的不在場證明，她應該沒有辦法在余馥生去借相機之後那麼短的時間裡完成這麼多布置工作。」

不，他說得不對。我其實是沒有機會取得面具的，因為我出發去借相機的時候，秦言婷就站在門邊。我沒辦法用那段時間偷面具，因為那樣做一定會被秦言婷看到。所以，這套邏輯並不能排除我。但我怎麼能把這種話說出口，讓別人懷疑我呢？

「所以凶手就在沒辦法取得面具的另外三個人之中，朱小珠，齊安民，莊凱。」

「憑什麼我也成凶手了？」

朱小珠已經完全進化成了煤氣罐，時刻噴射著怒火。大哥竟也出言相勸道：「以沫，你懷疑我沒關係，但小珠和學姊最好，她怎麼會是嫌疑人呢？」

「你倒是也擔心一下自己嘛！而且，我沒說她一定是凶手，只是說有可能。事實上，你們三個當中，只有一個人可能是凶手。」

「誰？」

「這要和之前的案子連起來看。我那天說過的吧？哦，當時莊凱和朱小珠都不在，那我得再說一遍。你們還記得第二起案件吧，就是疑似祝嵩楠的人被燒死在車裡的那起案件？」

他指的是社長提出「七星館是對稱的，所以祝嵩楠在混亂中走錯了方向」這個觀點。當時，奚以沫指出，祝嵩楠在下山的時候，會把路口「有沒有池塘」當成判斷方向的依據。

他把那段對話複述了一遍，再度做出總結：「我當時的結論是，祝嵩楠不可能在逃亡的時候自己開車撞下懸崖。要麼，他是被人殺害後偽裝成那個樣子的；要麼，那具屍體就不是他。但就在剛才，我通過煙囪開關的問題，排除了祝嵩楠涉案的嫌疑。這一系列的案子顯然是通過掛畫連起來的，也就是說，凶手應該始終是同一個人，既然殺害學姊的不是祝嵩楠，那麼犯下其他案子的多半也不是他。一個無辜的人實在不可能在這段時間裡剛好消失不見，所以燒焦的屍體只能是祝嵩楠的了。

「那麼，祝嵩楠就是被人殺害後，偽裝成駕車跌落斷崖的樣子。凶手通過這種方式讓案件看上去也有可能是意外事故，變成模棱兩可的狀態，進而讓我們懷疑是祝嵩楠殺害了林夢夕，為他下一次犯案爭取時間。但是，他偏偏又留下池塘這個破綻，導致我識破他的偽裝。那就只能解釋成一種情況了：凶手在犯案的時候，不知道祝嵩楠把池塘視為路標。

「祝嵩楠在坐第二班車上山時迷路了，他讓莊凱把車子停在路邊，兩個人下車去探路，途中祝嵩楠先一步回來，把這件事告訴了我們。所以，不知道祝嵩楠用池塘判別方向的，有那天坐第一輛車上山的人——那幾位中現在只有秦言婷還活著了——除此之外，當時不在車上的莊凱也有可能聽漏這句話。所以，凶手只能是秦言婷或者莊凱中的一個人。」

不對……還是不對！這個條件我也符合。當時我正在打盹，也沒有聽見那句話，直到後來奚以沫推理的時候才得知這件事。

「符合第一個條件的是齊安民、莊凱和朱小珠；符合第二個條件的是秦言婷和莊凱。兩個條件都符合的凶手，就只有莊凱一個人了。」

我感覺自己出了一身冷汗。奚以沫的推理這次打歪了，因為我和莊凱都是同時符合所有條件的人！只是，我當然知道我自己不是凶手……那麼，凶手就是莊凱了？

「不是我……」

我們看向莊凱。他還是一如既往的面無表情，但那條一字眉已經擰成了一團。

「不是我，我沒有，不是我幹的。我沒有殺人，我誰也沒有殺……」

他像壞掉的機器人似的，重複著意義相似的話。

「真不爽快啊。我剛才都建議你自首了。諸位，把這個殺人犯綁起來吧？」

「就算你這麼說……」大哥露出為難的表情。「但是僅憑這種邏輯上的證明，就要說他是凶手，有點不講道理吧？莊凱也沒有殺人的動機呀。」

社長和學姊相繼死去後，大哥就成了這裡說話最有分量的人。而且，他的意見確實有道理。

「真拿你們沒辦法，這個世界明明就是依靠邏輯在運行的，你們卻拘泥於實證。那這樣如何？我們去搜查一下莊凱的房間，如果在裡面發現了勒死社長的繩子，或者別的什麼可疑物品，就可以認定他是凶手了吧？」

「不行！」

莊凱突然大吼了一聲。體魄健壯的他爆發出驚人的音量，整個房間似乎都震了一下。我是第一次聽見他發出如此大的聲音。

「不……不行，真的不行。」

下一秒他的聲音就像被戳破的氣球一樣開始變小，激動的神情也迅速轉變為示弱。

「有什麼不行的？難道你在房間裡布置了邪教儀式的祭壇嗎？」奚以沫乘勝追擊。「話先說在前頭，我提議搜房，已經是很大的讓步了呀，畢竟什麼可疑的東西也搜不出來也是很有可能的。可是你這個反應，叫人要怎麼相信你呢？」

確實。莊凱的反應實在太過古怪，這下我們都對他產生懷疑了。在我們的注視下，他慢慢垂下了腦袋，似乎認命了一般。

「好吧。我帶你們去看我的房間。但是，如果沒有凶器，是不是就能洗清我的嫌疑？」

「人們不會因為一個人沒有什麼東西而為他免罪，而是會因為他持有什麼東西而給他定罪。不過你的反應已經完全超出了我的預期，如果現在從你房間裡挖出一具屍體，我反而會覺得很刺激，變得不想把你抓起來了呢……」

「你稍微嚴肅一點。」

雖然奚以沫站出來指認了凶手，但他討人厭的地方還是一點兒也沒變。我忍不住沉著嗓子說了他一句，他這才安靜下來。

我們回到天璿館，逼著莊凱打開了自己的房門。

眼前出現的東西完全出乎我們的意料……不是凶器，不是屍體，不是掛畫或者別的什麼證物。就算是最聰明的秦言婷和奚以沫，見到這幅光景也愣在了原地。

莊凱的房間裡藏了一個小孩子。

那是一個皮膚黝黑、身材瘦小的男孩子，看上去不超過十歲，正蜷身睡在床上。他身上穿著單薄的襯衣，胸口印著一個奧特曼圖案，原本應該是黃色的衣服已經嚴重掉色，腰部蓋著被子，露出的右腿上有一道暗紅色的裂口，從腳踝一直延伸到大腿，看上去極其嚴重。

值得慶倖的是，孩子的胸脯還在有規律地起伏。他還活著。在床邊的地板上，丟著好幾個吃剩的空罐頭。

「原來丟失的食物都在這裡。」

秦言婷喃喃道。

「這可真是勁爆的場面。莊凱啊，你養這麼個小孩子，是用來幹什麼啊？」

「我……這是有原因的。」莊凱沙啞著嗓子說。「我們剛到這裡的那天晚上，我失眠，睡不著，就出去逛了逛，結果看見對面的山頭那裡好像有紫色的光芒……」

紫色的光芒！我想起昨天晚上看見的光點。莊凱也和我一樣看見了紫色的光芒？不對，我是昨天晚上看見的，他則是前天晚上看見的，日期對不上。難道每天晚上都有紫色光芒出現？

「接著編。」

奚以沫完全不信這種說法，其他人也都是一臉懷疑。我該不該站出來證實莊凱的說法呢？那一瞬間，我竟然膽怯了。

「是真的！我非常好奇，想去發光的地方看看，就帶上手電筒出去了。森林裡很暗，但是因為有那道光指路，不用擔心迷路。我快速走了幾百米，發現地上趴著一個小孩子，旁邊還掉著一隻挎包和一些玩具。他身後是一小截斷崖，大概幾米高吧。我想他應該是這附近村鎮裡的孩子，從另一頭的山坡一路走過來，迷路了，最後失足從上面摔下來的。我簡單看了一下，他沒有傷到要害，就是腿被劃破了。不能把他就這麼丟著，我就把他背起來，順著草叢裡踩過的痕跡原路摸索回來了。」

「出了那麼大的事，你怎麼不告訴我們？」

「當時已經淩晨了，我覺得你們肯定都睡了。第二天早上又出了那麼多事，我們也被困在館裡了，我就覺得告訴你們也沒用……」

「所以你就自己把他養著，每天偷罐頭給他吃？然後……每天晚上也和他睡一張床嗎？莊凱，真是知人知面不知心，沒想到你有這種愛好！如果我們今天沒有搜你的房間，你會在救援到來的時候自己坦白嗎？」

「我……我沒有想好……」

面對秦言婷的指責，莊凱低下了頭，一句反駁也沒有。這下就算我們不願意相信，也只能相信了——莊凱確實出於他個人的某種興趣，囚禁了撿到的少年。

「雖然不知道是你先撿到人，還是那兩個人先被殺害，但是，如果第一天晚上，你發現這個少年之後立刻把大家叫起來，沒準事情就不會發展到今天這個地步。我們可以馬上帶少年下山，林夢夕和祝嵩楠或許也就能逃過一劫，不至於死……你可真是！真是的！」

秦言婷看起來真的生氣了。

「這下你們相信我了吧？莊凱是個危險人物。諸位，還是把他關起來吧。」

這次沒有人提出異議了。每個人都用厭惡的眼神看著莊凱，如同面對某種汙穢的生物。

「把他關哪裡呢？」大哥邊問邊掐滅了菸頭。「七星館裡有能從外面反鎖的房間嗎？」

「有了！就那個，朝堂那屋，有個鳥籠的那個。」

「天權館的展廳嗎？確實，那裡有一段鎖鏈，看起來還挺沉的。」

朱小珠指的應該是天權館那個空蕩蕩的主展廳，用鳥籠、鎖鏈和空蕩蕩的朝堂來諷刺劉禪的那間屋子。

「那就去那兒吧。」大哥拍板道。「另外，還得另外安排一個人給這孩子送飯。要把他叫醒嗎？」

「感覺他還很虛弱，算了吧。我先把水和晚飯帶過來。」

就這樣，我們完成了分工。我、大哥和奚以沫負責押送莊凱去天權館，秦言婷和朱小珠去準備罐頭。莊凱一點兒反抗的意思也沒有，乖乖地被我們拉著走。

我們用鎖鏈上自帶的鐐銬鎖住了他的雙手雙腳，再將另一頭纏繞在柱子上。那段鎖鏈比想像中還要重，得兩個人一起用力，才能完成纏繞的工作。之後，我們又給他放了一個尿盆和幾個開好蓋子的罐頭。

「我們明天早上會來給你換尿盆和送飯的。你保重吧！」

說完，我們關緊了主展廳的門。這樣一來，莊凱插翅也難逃了。大哥把鎖鏈的鑰匙放在廚房，以便在緊急情況下取用；但我們彼此都達成了共識，沒人打算放莊凱出來。

做完這些，所有人都產生了一股暢快的感覺。雖然還是不能確定莊凱殺人的動機，但既然他是個變態，就算無緣無故殺人也是有可能的。他被限制住了行動，我們就暫時安全了。在這份虛脫之後的安心感下，剩下的五個人一起吃了頓晚飯。雖然還是罐頭餐，但每個人都吃得很開心，甚至有人吃著吃著笑了出來。

明天就是週一，我們能回家了。此時，七星館裡的氣氛就像期末考結束之後教室中的一樣。我也沒有心思寫文章了，那天早早就進入了夢鄉。

這一覺睡到了十點半，身體前所未有地輕盈。來到玉衡館的餐廳，其他人都已經先到了，這場景一如兩天前的早上——只是少了幾個人。儘管如此，大家的表情還是很輕鬆。人擁有自我修復損傷的能力，從某種意義上來說，這還挺無情的。

「那個孩子怎麼樣了？」

「昨晚我給他送了罐頭，今天早上去的時候已經吃光了，人還是睡得死死的。他跟我們的作息時間好像錯開了。按理說應該多照顧他一點的，不過我們也太累了，沒辦法徹夜守著他……」

朱小珠輕快地說著，她從昨天晚上開始就恢復了正常。

「沒事就好。莊凱的情況又如何？」

「還行。早上換了尿盆，添了罐頭。不知道他有沒有睡，披頭散髮的，眼睛裡都是血絲。唉，再怎麼說也是曾經的夥伴，看他受苦還是有點不忍心。」

「再苦也就到今天為止了，等員警來了，他後面的苦還有的受呢。」

朱小珠對大哥的仁慈有些不以為然。

「也別那麼樂觀哦，還不知道救援能不能在今天之內到。不出意外的話，祝家的人應該會從今天早上開始察覺到異常，最快午後派人上山查看吧。如果到那個時候還沒有救援的話，我們可能就得想辦法做個『ＳＯＳ』啦。」

「哈哈，不至於吧。」

奚以沫還是一如既往地說著嚇人的話，但這次沒有任何人對他表現出不快。捉住了莊凱，讓他在我們心目中的形象高大了不少。只是，不知道對他來說，會不會覺得這樣更無聊呢？

我們在餐廳裡一邊閒聊，一邊打發著時間。聊到中午，再吃罐頭，生活完全沒有規律了。反正現在只要保存好體力，活著下山就行了。

吃過午飯，朱小珠和大哥分別帶著罐頭去喂那個孩子和莊凱。奚以沫也厭倦了平靜的生活，大搖大擺地回自己的房間去了。餐廳裡又一次只剩下我和秦言婷。

「如果誤會了還請見諒。你是不是有什麼想說的？」

我出聲搭話，她像是吃了一驚似的抬起頭。

「為什麼你會這麼認為呢？」

「總感覺剛才你有些心不在焉的樣子。事情解決了，但你的話卻變得更少了。」

「是嗎？」她苦笑道。「我本來話也不多，聽你這麼一說，好像是這幾天我太活躍了。」

「不……我不是那個意思。」

「沒關係的。我這個人確實有點彆扭，明明發生了這麼恐怖的事情，我卻沒有表現出多少害怕的情緒。或許，我的腦子已經被過剩的求知欲占領了。」

「這也挺好嘛，如果沒有你和奚以沫，我們現在還沒辦法看穿莊凱的真面目呢！第一次發現屍體的時候，多虧你及時指揮我們拍照和處理屍體。雖然最後奚以沫比你快了一步，但我們也很感激你的。」

「我沒有在計較那種得失。只是……不知道由我來說，合不合適。」

「什麼呢？」

「有些地方我還不能完全釋懷。事實上，從昨晚到現在，我一直在思考之前發生的案件。我怎麼也不能接受，那個『空城計』密室的真相是凶手躲在空心的柱子裡，況且被抓起來的莊凱也沒有親口承認這件事。然後，直到剛才，我終於看穿了那個手法的真面目。」

「難道凶手不是莊凱？」

我大驚失色，秦言婷趕緊比了個「噓」的手勢。

「我沒有那麼說。我只是說，製造『空城計』密室的手法不是那樣，但我想到的手法也是任何人都可以實施的，並不足以推翻莊凱是凶手的結論。可是，如果這個手法成立的話，它就會成為插進奚以沫那段推理裡的一根針。能夠插進一根針，就說明它並不是天衣無縫的。只不過，我不能確定我的推論是否正確，而現在大家也都難得放下心來，順利的話，很快就能回家了，在這個時候說出這種動搖人心的推理，真的合適嗎？我很苦惱，就沒在吃飯的時候說出來……哎呀，我怎麼又自顧自地都對你說出來了？」

我怔住了。直到她說出最後一句話以前，我的心裡還有一絲緊張。她認為奚以沫的推理並非天衣無縫，這點我完全贊成。他鎖定莊凱為凶手的那段推理，實際上並不成立——我自己就是另一個滿足所有條件的「備選凶手」。但是，我沒有把這件事說出來。我騙自己說，這是為了讓大家放心——反正莊凱確實做了壞事，把他關起來天經地義；反正明天救援就能到達，之後交給員警判斷就行……但我其實還是為了自己，因為我害怕，如果承認自己也滿足成為凶手的條件，就有可能像莊凱一樣被人懷疑，被眾人冷眼相待，甚至鎖進展廳裡。

可是，那明明是一個大錯。既然滿足條件的我不是凶手，那麼莊凱有沒有可能也不是凶手呢？奚以沫的推理建立在完美而理性的條件下，只有當凶手每次都採取最優解，才能滿足所有推理的前提。然而人是複雜的，誰又能保證凶手不會因為某些我們沒有想到的、非理性的原因或疏忽，而放棄採用最優解呢？

我明明意識到了這點，卻沒有挺身而出，指出他的錯誤。我以為再等一天，再忍一陣子，事情就都能過去。但這種做法，和被我寫詩諷刺的人又有什麼兩樣？把「這也是為了大家都能安心」當成藉口，打著大局觀的旗號，擅自把大家蒙在鼓裡，攻擊那些被定義成「壞人」的朋友，實際上還是為了自己的安全……這和鐘智宸他們做過的事情，又有什麼區別呢？

是秦言婷讓我意識到了這一點。她曾經稱讚我，說我能夠積極地、直觀地表達自己對奸邪之物的反感；我也一度自以為能代表正義。但等到自身利益被危及的那一刻，我居然下意識地採取了和那些人一樣的做法，通過沉默和欺瞞來保護自己。秦言婷之所以願意向我敞開心扉，就是因為她認為我是個直腸子，但現在的我還有這種資格嗎？

我必須做點什麼。

「我覺得你應該說出來。」

至少，我應該在這裡支持她。

「正如你所說，奚以沫的推理不是天衣無縫的。人們很容易產生先入為主的觀念，這其實是一種惰性，因為第一次看到的解釋暫時消除了心中的疑惑，就如同泡進了水溫適宜的溫泉裡，飄飄然中，就不會想花功夫重新爬出來，去接受新的解釋。但是，溫水能煮死青蛙，也是一樣的道理。我們應該在還未釀成大禍的時候，盡可能地糾正那些錯誤……」

我不知道自己在說什麼。或許我還是沒有立刻向秦言婷承認錯誤的勇氣，只得瞎扯一番似是而非的道理，來旁敲側擊地鼓勵她……

「聽你這麼說，我感覺安心了許多。」

她真的露出了安心的笑容，這讓我更加慚愧。

「我先把我的推理告訴你吧。如果有錯誤，還希望你能及時指出。」

「沒問題。」

「『空城計』的密室，是我們兩個一起發現的。當時，沒辦法解釋的謎題有這三個：為什麼從室內傳出了琴聲，打開門卻沒有人；為什麼敲門之後，原本放下的門閂會被拿開；殺人者要如何在門閂放下的情況下離開。奚以沫用一套理論解釋了這三個謎題，即，他認為凶手在彈琴、拔掉門閂之後，躲在了空心的柱子裡，趁我們不注意再逃走。但我無法接受這個解釋，因為這麼做的風險實在是太高了，如果發現現場的人不止我們兩個，又或者我們兩個中有人一進門就發現了柱子的問題，那凶手就很可能被當場抓獲。冒著這麼大的風險，僅僅是為了恐嚇我們，這點也很難解釋，它的風險與回報不成正比。而且，如果凶手是莊凱，那就還有一個新的問題。根據奚以沫的說法，凶手留下『西』字旗是一種提示，他希望我們注意到柱子是空心的，從而進一步恐嚇我們。但是，如果我們是所有人一起發現屍體的呢？在那種情況下，一旦我們破解了密室，就能直接確定凶手是發現屍體時最後出現的那個人。這太不保險了，如果凶手是假死的祝嵩楠，還能說得過去，但很難想像我們之中的某個人敢採用這種手法來製造密室。所以我覺得那根柱子僅僅是個誤導，真正的密室手法並非如此。

「那麼再分開看這三個謎題，我發現其中一個謎題其實是很好破解的，那就是凶手該如何在門閂放下的情況下離開。天璣館的主展廳，採用的是古風的木門，你在推門的時候，曾經聽到過木頭被擠壓的聲音，對吧？那就說明兩扇木門中間並不是嚴絲合縫的，還存在細微的空隙。凶手只要利用這個空隙，就很容易從外側放下門閂了。他只要用一根細線套住門閂，隔著門舉高，緊緊攥住線，等到關上門之後，再慢慢放下門閂，最後抽走細線，就能從外側鎖門了。

「這個詭計非常簡單，也非常可行，但是，它只能解決一個疑點，即凶手如何離開房間，但不能解釋凶手如何彈琴和開門。可是，順著這個思路，我發現，如果門閂是用這種手法放下的，那麼凶手在我們趕到現場的時候，就一定已經離開了。既然如此，彈琴聲、摔琴和開門的效果，就一定都是通過自動機關達成的。我思考了很久，就在今天早上，突然想明白了。為什麼凶手要把『西』字旗取下來呢？奚以沫給出了兩種解釋：一、為了避免自己離開空心柱子時發出聲響；二、為了誘導我們發現空心柱子的存在。但我想到了第三種解釋——為了使用掛旗子的那個鉤子！

「和放下門閂的方法一樣，凶手事先用細線做了一個繩環，套在門閂的其中一頭，而繩環的另外兩邊則綁在那架七弦琴上。然後，凶手將繩環繞過柱子上的掛鉤，從而將七弦琴吊起來。他花了很多時間，慢慢從門的另一側放下門閂後，整個系統就處於一種不穩定的平衡狀態。如果受到外力的撞擊，系統失去平衡，七弦琴就會掉落，進而拉動繩環，將門閂的一端抬起。這樣一來，門閂就被打開了，七弦琴也自動掉到地上，完成砸琴的動作。」

「為了保護展品，展廳是沒有窗戶的，氣密性良好，也不用擔心整個系統因為颱風而提前運作。啟動這個機關的開關，就是你敲門的動作。」

「這種機關只能布置在固定位置吧，那如果我們敲的是另一側的門呢？」

「一般情況下，其中一側的門打不開，我們總是會嘗試繞去另一邊看看的，所以最終還是會觸發機關。」

「有道理……但如果用這種手法的話，室內不是會留下細線嗎？我們看到這種東西了嗎？」

「這就是整個手法最關鍵、最巧妙的一個地方了，凶手使用的細線，是從七弦琴上拆卸下來的琴弦。」

「啊？」

「一米左右的琴弦，七根加起來就有七米，每根弦之間用活結綁住，就能連成一根很長的繩環，在摔落的時候自動分開，變回七根琴弦。而且，現在市面上的琴弦通常都是內置鋼芯的，強度也有保障。我們闖入展廳之後，七弦琴已經在地上摔壞了，琴弦散落在地是很自然的事情，不會引起我們多想。而且，凶手之後一定也混進現場了吧，那時候只要偷偷用腳撥一撥，就能把琴弦聚攏在摔壞的七弦琴邊上。那時我和你都被社長的屍體吸引了注意力，很難發現這麼細小的動作。而且這樣一來，琴聲的問題也得到了解決，開門時發出的琴聲，是繩環崩斷時發出的聲音，而我們在樓下聽見的琴聲，則是凶手小心翼翼地從外側放下門閂時，不可避免地觸碰到琴弦發出的聲音！」

「你的意思是，我們上樓的時候，兇手還在布置現場？」

「是的，當時應該剛好到收尾階段了吧。聽到我們上樓的聲音，他大概就躲進廁所裡去了。如果當時能想到搜一下廁所，也許真的能抓到兇手……」

「不，你現在能想明白已經很厲害了，當時剛剛看到那個場景，怎麼可能馬上想到這麼多呢？」

我是發自內心地佩服秦言婷。這套手法非常有說服力，能夠完全解釋所有的疑點，而且不需要兇手冒任何風險——只要布置現場的時候不被抓現行，那麼就算這套手法被人破解了，也不會對他造成任何實質性傷害。反過來說，如果我們面對的是一個能想出這種手法的兇手，那他又該是個多麼可怕的對手呢……

「會是莊凱做的嗎？這套手法，他也可以用。」

「這就是我們現在需要查明的。」秦言婷摸了摸自己盤在肩膀上的辮子。「你願意相信我的推理，真是太感謝了。我們去把這個結論告訴其他人吧。」

「也許又會引起一陣風波。不過，只要好好說明，我想大家一定會接受的。」

「我比剛才更有信心了，因為我們現在是二對四呢。」

「嗯……」

我暗自下定決心，如果只靠秦言婷不足以推翻奚以沫的結論，那我就把自己隱瞞的事情說出來。即使因此要和莊凱關在一起，我也心甘情願。

我要為了心目中「正確」的事情，踏出一步。

「莊凱那邊就拜託你了，我去客房叫奚以沫、齊安民和朱小珠。」

「沒問題。」

我們一前一後離開餐廳，秦言婷去了客房，我則走樓梯上天權館的二樓。

剛走出樓道，一個黑影就朝我撲來。我的身體失去了平衡，後腦傳來一陣劇烈的震盪，耳邊「嗡」地一響。霎時，我只覺得視野裡像壞掉的衛星電視一樣，被密密麻麻的灰色雪花覆蓋。天旋地轉之間，我似乎晃了兩圈，最後軟綿綿地趴倒在地上。

我的意識還沒有消失，勉強還能思考，但身體和四肢如同被割掉腦袋的青蛙般顫抖個不停，幾乎喪失了行動能力。混亂之中，我努力整理著思路：我被什麼東西撞擊，後腦勺重重磕在了牆上……

數十秒後，我的視野重歸清晰。腳下竟然有一小攤血跡。我本以為那是我自己的血，但仔細一看，似乎是從走廊裡延伸過來的。我拖著快要報廢的身體走進走廊，看見正對著窗戶的地板上，掉著一張紙條，上面寫著極為潦草的字跡：

致還活著的諸位：

這場遊戲就到這裡結束了。

本來還想多玩玩的，可惜時間不允許，真遺憾哪。

員警就要來了，你們都能得救，我卻無處可逃。但我並不後悔，至少最後這段時間裡，我過得不無聊。

那就有緣再會了。

奚以沫

搞不懂。

為什麼這裡會有如此意義不明的東西。

這些血又是誰的？

對了，莊凱……我想起自己原本的任務。說到天權館二樓，那就是關押莊凱的地方。莊凱的情況怎麼樣了？

主展廳的門口滲出一大片血跡。我試圖推門，推不動。這不是和昨天的情況一樣嗎？情急之下，我不顧一切地用肩膀撞了一下，沒想到門竟直接「轟」的一聲被我撞倒了。眼前是一幅詭異的景象，我不禁倒抽一口涼氣——

人頭。

一顆人頭橫在房間中央，旁邊滲出大量的鮮血。以我的視角看，它似乎還在滾動，就好像幾秒前剛剛被人砍下來一樣。那張帶著幾分驚訝的臉，分明是大哥——齊安民的臉。

而莊凱根本就不在房間裡。

為什麼會這樣？莊凱明明被那麼重的鐵鍊綁住了，是我、大哥和奚以沫三個人一起綁住的。他怎麼可能逃出來，又怎麼在逃出來之後鎖上房門？這次根本沒有什麼琴弦……

而且，人頭！為什麼大哥會被人斬首？他的身體又在哪？

我再一次低下頭，突然意識到了血跡的意義。血從大哥的人頭下流出，朝我來時的方向延伸出一道血跡。

我從血跡的源頭往前走，經過奚以沫留下字條的地方，經過下行的樓梯，一直通到天權館門外的石子路上——

是大哥的身體——不，老實說我沒辦法確定那是不是大哥的身體，因為那具軀體脖子以上的部位已經沒有了。他就那樣趴在地上，似乎倒下之前還在朝前奔跑。

就好像失去了頭顱的身體，還在努力逃跑一樣。

「死孔明嚇走活仲達。」我喃喃道。

這是最後一幅掛畫上的內容，《三國演義》裡記載的故事。諸葛亮死後留下計策，讓蜀軍徐徐退兵，司馬懿得知後親自率兵追趕；蜀軍突然殺回，諸葛亮也好好地坐鎮軍中。司馬懿以為自己中了詐死之計，嚇得丟盔棄甲，抱頭逃竄五十裡，見到副將，還問他們：「我有頭否？」

大哥被比擬成了最後一幅掛畫的場景……

也就是說，周倩學姊的死，僅僅是比擬了「扮鬼割麥」這一件事而已。殺人事件並沒有結束，都是因為我的隱瞞，因為我的退縮，才會導致大哥也被人殺了……

不對。要是這樣的話，還有一次比擬沒有完成。還有「七星燈」的掛畫沒有被比擬。

如果凶手是奚以沫的話，正準備找他討論詭計的秦言婷就有危險！

我衝回七星館內。秦言婷是最相信我的人，她說過，我是個不會隱瞞的人，如果她因為我的隱瞞而被殺的話……

只有這件事絕對不能發生！

我奔跑在昏暗的走廊裡。後腦的傷口反復發出劇烈的刺痛，身體依然在劇烈地晃動，耳邊幾乎只剩下耳鳴聲，視野也逐漸變黑。我甚至覺得自己已經沒辦法支撐到客房了，但我必須跑下去。

醒來的時候，秦言婷正抱著我的頭。

我一個激靈，想從她身上爬起來，下半身卻傳來鑽心般的疼痛。

「你醒了？」

她驚喜地看著我。

「我……我不知道，我什麼時候暈過去了……」

「別亂動。你受了很嚴重的傷。」

「先別管我了，出大事了！大哥——齊安民被殺了，還有奚以沫……」

「我知道。」

「你看到了？」

「看到了，館外有一具無頭屍，看服裝像齊安民同學。還有奚以沫同學的屍體在屋頂上。」

「奚以沫死了？」

「你說的不是這件事嗎？他脖子上纏著繩子，頭朝外躺在天璣館的屋頂上，看上去好像是用煙囪上吊，結果繩子斷了，人掉在了屋頂上。舌頭伸得很長，舌尖還被咬破了，看上去非常嚇人，就像電視劇裡那樣。我不知道他是怎麼跑到那麼高的煙囪上的。不過，事到如今，這都無所謂了。」

是比擬。

這是第四幅掛畫——「七星燈」的比擬。奚以沫被掛在象徵七星燈的煙囪上。至此，所有掛畫的比擬都完成了。被困在「八陣圖」裡的林夢夕，像「七擒孟獲」中的藤甲兵一樣被燒死的祝嵩楠，臉上被抹黑「扮鬼割麥」的周倩，吊在「七星燈」燈芯上的奚以沫，像「嚇退活仲達」一樣丟了頭而不自知的齊安民……

「那，莊凱呢？朱小珠呢？」

「我沒有看見他們，也許都死了，也許都瘋了……」

「這是哪裡？我們不在七星館嗎？」

我這才注意到，我們兩人所處的環境非常陌生。借著微弱的光線，可以看見被莊凱囚禁的那個孩子也倒在一旁。

七星館消失不見了。

我感覺自己好像做了一段很長很長的噩夢，如今一切卻又如泡沫般散去。

「這孩子倒在地上，我把他背了過來。」

秦言婷伸手撥了幾下，從灰塵中拉出一個背包。

「這是……我的背包。」

「剛好就在手邊。我看到了一些有趣的東西。」

「啊！」

完了，我寫的文章被她看了。這可太讓人害羞了。

「不好意思。在救援趕到之前，實在沒有什麼能做的事情了。我以前都不知道，你是個這麼有表達欲的人。不，在以前聽到你寫的詩的時候，我就應該想到的。」

「這算什麼表達欲。」

「我並不是在嘲笑你，請見諒。你為何不繼續寫下去呢？畢竟……救援不一定能趕到。」

她用憐愛的目光來回看著我和那個孩子。

「你和這孩子真像，他的挎包裡也有一本有趣的本子。如果他待會兒還能醒過來，我會建議他把那個故事續寫下去。相比之下，我可真是滑稽，還費盡心思去拍什麼現場的照片，現在相機都不知道丟到哪裡去了。還是你來記錄吧，余馥生同學，我希望你能記錄下去。如果我們沒辦法在這個小屋子裡撐到救援趕來的話，至少，應該要有人知道真相，才不會讓大家白死。哈哈，我可真是的，都這種時候了，還把『真相』掛在嘴邊……」

她說完，身體往後靠了靠，突然不動了。我這才發現，她的額頭上有一大塊暗紅色的印記。

「你受傷了！什麼時候？」

「我沒事。暫時還沒事。為了保持清醒，我通過看你的部落格文章來提神，但現在到了保存體力的時候了。我們要輪流照看對方，現在輪到你找事情做了，余馥生同學……」

她閉上了眼睛，但依然維持著平穩的呼吸。或許她是對的。

我從背包裡拉出筆記型電腦，撫摸著外殼上的磕痕，然後下定決心，啟動了電腦。還剩下一個多小時的電量。在這之前，我應該能把發生的事情記錄下來。

我深吸一口氣，敲下文字：

許遠文：

你以為你刪掉自己犯下的罪行，就能高枕無憂了嗎？

沒用的，我依然會追在你身後。不管你是夾著尾巴逃回老家，還是厚著臉皮回來，我都不會放過你。

我是你清洗不掉的罪孽，我是你夜夜入夢的夢魘。

你馬上會付出代價的。

黃陽海

九　神木

走出動車站時，一陣涼風襲向白越隙，他不由得輕輕咳嗽了兩聲。一瞬間，他察覺到附近的人們縮緊了身子，紛紛和他拉開了幾步距離。

「咳咳。」

啊，這下完蛋了。連他自己都產生了幾分恐懼。早知道剛才在車上就不偷偷拉下口罩了。幾分鐘順暢的呼吸，如果要以健康為代價來交換的話，未免太不划算了。邱亞聰都那樣強調過了，為什麼自己就是不聽呢？這下完了，可能已經感染了，可能下個月就要死了。自己感染的消息如果被發到網上，很快住址和行蹤也都會被公開，遭受成千上萬線民的痛罵。要是淪落到那一步的話，至少也要在被隔離之前傳染給謬爾德才行……

這份陰鬱的想法，在一碗冬粉鴨下肚後被一掃而空。他又重新變得生龍活虎。

按照約定，他坐公交來到學校，取回了寄放在朋友那裡的包裹。包裹只有巴掌大，拆開後，裡面是一個長方形的銀色金屬隨身碟，長度不過一寸，尾巴上連著一個大大的圓環，應該是用來扣在鑰匙串上的。值得注意的是，隨身碟表面有很多深淺不一的擦痕，似乎遭受過猛烈的撞擊。

他就近找了一家網咖。這幾年，過去的「網吧」都紛紛改名叫「網咖」了，字面意義上是提供上網服務的咖啡廳，其實除了裝修比較豪華、真的提供飲料這兩點以外，跟網吧沒什麼區別。在大學邊上，這種店是最不缺生意的，所以隨處可見。

為了防止未成年人進入，這裡也需要刷身分證認證。每個人在上網前需要辦一張會員卡，然後往裡充值。會員卡和身分證是綁定的，每次只需要在機器上刷一下身分證，就能完成認證。

和大部分大學生一樣，他也早就辦好了會員卡。服務員告訴他，餘額還有十元左右。一小時的網費是六元，綽綽有餘了，他拒絕了服務員讓他充值的提議。每次都覺得「只要把裡面的錢花光了，下次就不會再來了」，但往往還是會再來。話雖如此，人總得用一些外力來鞭策自己。

他穿過煙霧繚繞的人群和「禁止吸菸」的標牌，潛入網咖最深處。來網咖看隨身碟裡的文件實在是很怪異，但為了不被謬爾德干擾，也只能如此了。

打開隨身碟，本以為會見到許遠文工作上的文件，出現在眼前的卻是標題為「線性代數」「思想與政治」之類的PPT。同為大學生的白越隙立刻反應過來——這個隨身碟的主人應該是個大學生。難道是許遠文讀書期間使用的隨身碟？但他那個歲數的人，讀書的時候還未必有隨身碟這種東西呢。

除了PPT，還有幾篇WORD文稿。他逐一點開查看。前幾篇文檔很雜亂，有電影的觀後感，也有蹩腳的古體詩。最後一份沒有標題的文檔占用空間最大，打開之後，加粗的標題赫然映入眼簾——

七星館之行。

來了！

白越隙按捺住激動的心情，逐字逐句地閱讀起來。

作者似乎是一個名叫余馥生的大學生，從字裡行間推測，這至少也是十多年前寫下的了。裡面不僅出現了七星館的具體構造，還講述了一起詭異的連續殺人事件。直到電腦發出刺耳的警報聲，提醒他網費已經用完，白越隙還是沒有把視線從這個故事上移開。他義無反顧地額外充值了五十元，換來一杯附贈的珍珠奶茶。

「很好。」謬爾德讀過文檔之後，如此簡短地評價道。「真是不錯的消遣讀物，小白，你總是能不讓我失望哪。」

「你之前說暴風雪山莊裡需要記錄員，就是指這個嗎？我真是想不明白，為什麼你會預先知道這份文檔的存在，難不成張志傑也是你的同夥，你們一起在玩弄我？」

「世界並不是圍繞著你轉的，我有必要做那種事嗎？」謬爾德壞笑著。「我不過是根據手記裡的內容推測的。在手記結尾，黃陽海被帶去的建築物多半就是七星館，而他見到了無頭屍體，那就說明，那天在七星館裡肯定發生了殺人事件。所以我才說，如果有人記錄下那起事件就好了。這不是被你找到了嗎？這下，百分之九十的把握徹底變成百分之百了。」

正如他所言，看過文檔以後，白越隙已經可以確信，在結尾出現的小孩就是寫下手記的黃陽海。而這個叫莊凱的大學生，就是被黃陽海描述成「太空人」的人——身材強壯，一字眉，外貌特徵完全吻合。至於那具無頭屍，應該是在結尾被砍掉頭死去的齊安民。雖然是不同的兩個人，但沒有了頭，還是孩子的黃陽海未必能準確地分辨出其中的差別，更何況他一直以為和自己在一起的只有「太空人」一個人。

換言之，文檔和手記是可以互相照應的。而且，它把黃陽海和許遠文再度聯繫到了一起。如此一來，已經可以整理出事件的時間順序：最早，許遠文主持建造了七星館，之後趙書同去世，許遠文將七星館變賣給祝家；後來，祝嵩楠邀請社團的朋友們來七星館做客，其間發生了殺人事件；而同一時間，黃陽海偷了朋友的玩具積木，一個人在山上迷了路，最後被莊凱發現，囚禁在自己的房間；最後，殺人事件的倖存者——余馥生和秦言婷，帶著黃陽海一起等待救援。

之後，文檔出現了詭異的變化，余馥生突然寫下了落款為「黃陽海」的復仇宣言，而且矛頭直指許遠文。

「毫無疑問，那是黃陽山寫的。」白越隙說道。「因為那段話裡提到『逃回老家』，說明寫下那段話的時間晚於二〇一四年，很可能是二〇一五年許遠文回到浙江之後。這段時間裡，在許遠文身邊的、和黃陽海有關的人物，就只有黃陽山。他找機會竊取了隨身碟，在WORD文檔裡補上這段話作為警告。不管許遠文有沒有看到這段話，他都在不久之後墜樓身亡了。由此看來，手記裡的血手印多半也是黃陽山留下的，同樣是為了恐嚇許遠文。雖然黃陽山是臨時工，但既然他和許遠文的恩怨能追溯到那麼久以前，那麼從二〇一四年開始他就已經在設法接近許遠文也是完全有可能的。許遠文看到那個血手印，嚇得寢食難安，最後逃回了福建，把手記藏在老房子裡。他可能以為事情能就此結束，沒想到黃陽山還是沒有放過他。」

但白越隙的推測只能到此為止了。他看出許遠文和黃陽山之間存在恩怨，但想不明白那是什麼恩怨。囚禁他弟弟黃陽海的，明明是大學生莊凱才對。許遠文只不過是建造了那棟七星館，這又算什麼罪孽呢？

而且，七星館裡的殺人案也沒有一個完美的答案，尤其是最後發生的兩起不可能犯罪，很難用「莊凱是凶手」來加以解釋。

太混亂了。白越隙感覺自己就像一個失敗的水管工，還沒補好漏水的牆壁，身後又傳來馬桶堵住的噩耗。問題沒有減少，反而變得越來越多。而謬爾德則是坐在水箱上蹺著二郎腿看著他的那個人，不僅不來幫忙，還隨時可能添點亂。

「你好像什麼都知道的樣子，是我錯了，我不該總想著偷跑，也不該偷偷去網吧看文檔。我後來放棄思考，用剩下的網費打 dota2 去了。你就告訴我吧，到底七星館裡發生了什麼事？」

「哼哼。之前答應你的，不是解答七星館的案件吧？」

「幾個月我都幹。問題我都列好了，你隨便吩咐吧。」

他拿出準備好的紙條。之前的問題可以做出如下修正：

問題三：最後出現的房間、「太空人」和一對男女，代表著什麼？——「太空人」和男女的身分已經揭曉，但他們當時究竟在哪裡？黃陽海醒來時，另外兩人又在做什麼？

問題五：手記最後的血手印意味著什麼？——已經得到解答，新的疑問是，黃陽山和許遠文之間存在什麼恩怨？

問題八：黃陽山、黃陽海和許遠文之間有何關係？是黃陽山殺害了許遠文嗎？——前半句可以合併到問題五，後半句可以合併到問題六。

整理一下，加上新的疑問，最後總結起來就是：

一、積木搭建的花園為什麼會成真？

二、「黑洞」卡牌為什麼會反復出現？

三、最後出現的房間在哪裡？黃陽海醒來時，另外兩人又在做什麼？

四、「阿海」最後怎麼樣了？

五、黃陽山和許遠文之間存在什麼恩怨？

六、許遠文為什麼會在密室裡墜樓？是黃陽山殺害了許遠文嗎？

七、許遠文死前一周遇到的「幽靈」事件是怎麼回事？
八、七星館裡發生的比擬殺人案件，其比擬的意義究竟是什麼？
九、余馥生、莊凱和黃陽海都曾看到的紫光是什麼？
十、如果殺害祝嵩楠和周倩的不是莊凱，那麼奚以沫的推理錯在哪兒？
十一、莊凱是如何從密室裡消失的？
十二、被殺害的齊安民在沒有腦袋的情況下奔跑，是怎麼回事？
十三、奚以沫是如何在那麼高的地方上吊的？
十四、為什麼發生了這麼大的連續殺人案，被害者中不乏權貴子弟，網上卻完全查不到相關報導？
十五、七星館裡的殺人凶手到底是誰？
十六、七星館最後真的消失了嗎？

「整整十六個謎團。之前我提出八個謎團的時候，你說你可以用一句話來解釋，現在翻了一倍——」

「我還是可以用一句話解釋，而且是同一句話。」

謬爾德語出驚人。

「是嗎？我不想像個笨蛋助手一樣反覆發出疑問，但我還是得問，真的嗎？我不相信，什麼話能有這麼大的分量？」

「那是一句很簡短的話。雖然很短，但是非常沉重，非常有分量。你最好嚴肅一點。」

一直玩世不恭的謬爾德，此時卻不像是在開玩笑的樣子。他坐正了身子，雙手交叉撐在桌上，直勾勾地盯著白越隊。從這一刻起，他拋棄了平時掛在嘴邊的各種玩笑話，變得極為認真和專注。

「偉大的法國數學家笛卡爾發明了平面直角坐標系，自那以後，人類就能夠以兩個數字，來確定平面上一個唯一的位置。這起事件也是一樣，我們只需要兩個關鍵字，就能夠確定七星館事件的全部真相。

第一個關鍵字，就是七星館的地點。許遠文對媒體說，七星館建在趙書同的故鄉。趙書同則說，自己的故鄉已經不存在於地圖上。這句話顯然不是指他的故鄉消失了——既然強調了『地圖上』，就很容易聯想到行政區劃的變更。在他那坎坷的人生道路上，有太多地方在地圖上發生了改變，然而我們還有很多推理的素材。他的家鄉直到他三歲為止，也就是到一九四四年為止，都在遭受日軍的轟炸。他在家鄉修建的七星館裡，放滿了紀念諸葛亮生平的各種物品——真的是這樣嗎？仔細想想，說到諸葛亮，我們最先想到的，除了『空城計』以外，不是應該還有三顧茅廬、赤壁之戰、借東風、草船借箭等事蹟嗎？然而這些事蹟在七星館內一丁點也沒有體現，不如說，七星館裡的諸葛亮，是『某個時期』以後的諸葛亮。趙書同非常注重養生，但他最喜歡的食物不是麻辣火鍋嗎？因為那是他家鄉的食物，他沒辦法改掉年輕時的習慣。趙書同熱愛著自己的家鄉。」

趙書同是四川人。

一九三八年到一九四四年，日軍對四川地區發動了持續不斷的轟炸。

七星館裡描述的諸葛亮事蹟，全都是劉備攻克益州，進入四川之後發生的。

重慶，在行政區劃上經過多次變更，最後於一九九七年第三次脫離四川省，成為直轄市。

「趙書同大概是重慶人，但他又是個精神上的『四川人』，認為自己的家鄉應該是整個四川省，所以才會在電話裡說『我的故鄉已經消失在地圖上』這樣的話。他自比諸葛亮，也是因為諸葛亮後半生都在四川，讓他產生了一種歸屬感和認同感。修建七星館時，他自然要選擇四川作為修建地點。不能是在陝西的五丈原，因為諸葛亮就是在那裡祈禳失敗的，他當然不願意重蹈覆轍。所以，七星館就是建在四川省內的某個地點。

明確了地點之後，第二個關鍵字就是時間。這其實也非常明顯了，從各種隻言片語中都能看出。首先是年份，『神舟五號』升空的二〇〇三年，黃陽海六歲，而他在寫下手記時十歲左右。周正龍偽造華南虎照片的事件發生於二〇〇七年年底，當時是熱點事件。彭宇扶老人的事情也發生在二〇〇七年，當時社會上的普遍論調還是『彭宇被老人訛詐』，如今又反轉了。鐘智宸唱的『去年的流行歌』，是花兒樂隊於二〇〇七年發行的專輯歌曲《窮開心》。余馥生帶來的小說《少年股神》，也是二〇〇七年出版的，作者是紫金陳。『史上最牛』這句話，是二〇〇七年的網路流行語。余馥生提到奧運聖火下周到自己家，奚以沫哼著北京奧運會的主題曲《北京歡迎你》，都說明這是在二〇〇八年奧運會開幕之前。好了，線索如此之多，還有什麼可懷疑的呢？七星館事件，就發生在二〇〇八年。

至於日期，黃陽海在手記中明確寫下，事情發生在勞動節之後的下一個週末；余馥生那邊，鐘智宸在第一天晚上的致辭裡也說過，他們本打算在勞動節期間出來聚會，因為意外而推遲了一周。二〇〇八年五月一日是星期四，往後推一周的週五，就是五月九日，那個週末裡發生了殺人事件，而余馥生的記錄停止在那個週末之後的週一。五月十二日。」

二〇〇八年五月十二日。

汶川大地震。

那一天的下午十四點二十八分，裡氏8.0級的大地震襲擊了四川省，地震波環繞了地球整整六圈，波及大半個中國。五十萬平方公里的土地遭受嚴重破壞，近七萬人遇難，一萬八千人失蹤，傷者數以十萬計。

那是人們永遠無法忘記的一場災難。

「他們是汶川大地震的遇難者……」

「沒錯。」

謬爾德壓低聲音，緩緩地訴說著，恍若宣讀神諭的使者，生怕語氣不夠平穩，對萬物之靈造成褻瀆。

「七星館在汶川大地震的受災範圍內。一切的謎團，都是那場浩劫的先兆與餘波造成的。」

五月九日下午，黃陽海一時衝動，偷走了朋友的玩具積木，跑到了山上。他走了很長時間，自己也迷路了，幸運的是，這一路上他都沒有撞見野獸。最後，他在荒野上坐下，開始拼積木。在他專注於積木的時候，這片土地之下也在暗流湧動。

眾所周知，地震是地殼釋放能量所產生的振動，在人類歷史上，每當特大地震即將到來之時，人們往往會發現一些預兆。預兆之一，就是地底的土壤受到擠壓，形成隆起。二〇一五年四月，尼泊爾大地震發生前，日本北海道的海岸線就曾經被人目擊到土地隆起。如果說這兩個地方之間還相隔太遠的話，一九七三年，四川爐霍也有人目擊到地面出現高約二十釐米的鼓起，形如倒扣的鐵鍋，那之後當地便發生了7.6級大地震。黃陽海看到的，應該就是類似的東西，他把鼓起的地面想像成了積木的連接片。

之後出現的黃色小溪也是類似的情況。地下水是最先感受到地震的地方，在地震之前，地下水很容易發生各種各樣的異常。早在二〇〇八年三月，四川境內就有四個地下水觀測點發現了水流異常情況，只是以當時的技術還沒辦法將這些變化和地震聯繫在一起——即使現在，預測地震也是做不到的。黃陽海當時所在的位置，多半是一條河流故道，只是因為地下水的異動而暫時乾涸了。那天下午，他經過那裡的時候，地下水又噴湧了一小段時間，形成了一條稍縱即逝的小溪。溪水是黃色的，是因為混雜了大量沙土。他拔掉積木的時候，噴出的髒水剛好流光，所以小溪又消失不見了。

老鼠的問題就更好解釋了，聽覺靈敏的生物原本就有提前感知地震的能力，在地震來臨之前，它們會大規模遷徙。二〇〇八年五月八日，四川省林業廳就發表過聲明，說四川省綿竹市出現了成千上萬的蟾蜍，把人行道、車行道都給占領了。黃陽海見到老鼠，也是出於同樣的原因，它們正為即將到來的地震惶惶不安，自然也顧不上怕人了。」

「那，老鼠為什麼會發出老牛一樣的『哞哞』聲呢？」

「我想那不是老鼠發出的聲音，而是地下異常運動發出的響聲，比如，地下水被抽走的聲音。要知道，黃陽海當時還只是個孩子，而且是個想像力豐富的孩子，也是個剛剛偷了朋友的東西、精神上承受著巨大壓力的孩子。更何況，那之後不久他就誤食了毒蘑菇——這也是川渝一帶山區裡常見的植物——於是產生了幻覺，所以他事後回憶起這段經歷的時候，難免會添油加醋。我們只能在這個前提下展開大致的推測。

接下來是饅頭。既然知道這裡曾是一條河道，饅頭的由來也很好理解了。那是原本順著河道漂過來的垃圾，甚至有可能是真的饅頭。他在手記裡不是寫過了嗎？他的朋友家豪不喜歡吃饅頭，經常在放學後想辦法丟掉。黃陽海和家豪是走同一條路回家的朋友，在放學路上被孩子王暴打的時候，他又提到邊上有一條小河。家豪很可能就是把不愛吃的饅頭丟進了小河，最後順流而下，流到黃陽海那天迷路的地方。

後面的事情之前解釋過了，他誤食了毒蘑菇，眼前出現各種幻覺，像是家豪的人頭、擴大的黑洞，應該都是幻覺。只有『黑洞』這張卡片不是幻覺，而是真實存在的東西。這和饅頭出現的原理是相同的，黃陽海曾經為了求得孩子王原諒，把『黑洞』卡牌交給對方，結果被隨手扔掉了。這件事也是在河邊發生的，『黑洞』卡牌和饅頭一樣，順流而下，在山上被黃陽海撿到了。這張卡也刺激了黃陽海的神經，導致他夢見自己被黑洞吸走。在現實中，他應該是如莊凱說的那樣，失足從幾米高的斷崖邊掉了下去。

到這裡，你提出的問題一和問題二，都可以解釋清楚了。黃陽海在手記裡見到的『積木花園』，是地震前各種異常現象的集合。在這裡，我還可以順便解答問題九：莊凱和黃陽海看到的紫光應該是同一道，莊凱順著那道光找到了黃陽海；余馥生看到的則是另一道。那道光，我想應該是地震前偶爾會出現的『地光』現象。古今中外，經常有在地震前後目擊到地光現象的報告，它有著各種各樣的顏色和形態，持續時間也從幾秒到幾十秒不等。一九七五年的遼寧海城地震、一九七六年的河北唐山地震，在發生前後都出現了長短不一的彩色光帶。對於這種現象的成因，目前還是眾說紛紜，有人認為是空氣中的電離物質導致的，也有人認為是空氣摩擦生熱，類似的說法還有很多。儘管科學暫時還沒能給這些現象一個特別合理的解釋，但大地如此神祕，誰也不能斷言這些現象不會發生。總而言之，這道地光使莊凱發現了昏迷的黃陽海，將他背回七星館。

醒來之後，黃陽海見到的就是莊凱，那時候莊凱他們已經被困在七星館裡了，能吃的也只有罐頭。那個『紅紅的、方方正正的東西』『像積木一樣的食物』，就是被從罐頭裡取出來的午餐肉。黃陽海家顯然並不富裕，連醃菜也很少吃，沒見過罐頭是有可能的，何況莊凱一開始似乎把肉直接從罐頭裡取出來給他了。他試圖和莊凱說話，後者卻一副聽不懂的樣子，那可能是真的聽不懂——莊凱是外地人，而黃陽海說的是四川方言，他曾經在手記裡寫過自己的普通話說不好。

那之後，他見到了齊安民的屍體。根據余馥生的記錄，我們可以確定，齊安民被殺是在五月十二日的午後，當時正是地震開始的時候。黃陽海翻出小屋的時候，覺得『地面像一塊大麵團』，這正是地震發生時泥地會有的特徵，在地震力量的作用下，泥土間的抗剪力會大大降低，導致土壤發生液化現象，變得鬆軟。他摔在鬆軟的土地上，也許還被落下的磚石砸到了，最終失去了知覺。

醒來時他見到的男女，自然就是余馥生和秦言婷。周圍一片漆黑，是因為他們待在地震之後的廢墟當中……他們當時可能已經被掩埋了。」

謬爾德難得地露出了同情的表情。

「他隱約看見白色的星星，那可能是縫隙裡透進來的日光，當時或許是白天。身體以下的部分不見了，是因為被埋在廢墟當中了。而根據余馥生和秦言婷都微笑著看著他，一言不發這件事看來，他們當時有可能已經遇難了——在遇難之前的最後時刻，兩個人努力托舉出一片空間，保護黃陽海的生命。」

白越隙想起余馥生寫下的懺悔——絕不能再為了保全自己而退縮。在生命的最後時刻，為了拯救一個素不相識的孩子，他鼓起勇氣，成了真正的英雄。

「後來黃陽海或許憑藉自己的力量，把身體從廢墟裡抽了出來。但他還是被困在瓦礫之下，在這段時間裡，他完成了剩下的手記。事到如今，已經沒辦法得知他最終有沒有得救了，但從他的哥哥黃陽山對許遠文的態度來看，他很有可能在廢墟下去世了，畢竟七星館的位置本來就很偏僻，救援不容易抵達，而黃陽海經過幾天的折騰，身體也已經非常虛弱。這就是黃陽山寫下的『罪孽』的由來。」

「許遠文犯了什麼罪？如果黃陽海是在地震中喪生的，為什麼要怪罪許遠文呢？」

「當然是因為七星館。你還記得嗎？七星館是趙書同為了續命，下令許遠文趕工建造的。為了加快速度，許遠文不惜使用當時還不流行的拼裝式結構來建造。僅僅一年時間，他就建成了整整七座館。這裡面當然有不少的水分——許遠文是庸才，所以他為了爭取時間，只能在建築物的品質上打折扣。

據說在汶川地震之後，有一大批混凝土專家奔赴四川，調查那些倒塌的樓房，結果發現了兩件事：一、大部分建築物的抗震標準是達標的；二、當年在技術限制下，抗震標準制定得偏低，很難發揮實際作用。因此，二〇〇八年之後的幾年內，建築物的抗震標準不斷提高。然而七星館作為房產大亨趙書同私自建造的奇異建築，恐怕連建築行業的相關法規都不符合吧。既然這種東西能被造出來，想必早已打通了關係。這就給了許遠文為所欲為的機會。余馥生他們不是發現了一根空心的柱子嗎？如果那不是有意製造的密道，就只能是許遠文偷工減料的罪證了。

勉強造出的七星館，是用一堆劣質積木草草拼成的、搖搖欲墜的危房。如果它僅僅是用來舉行儀式，滿足趙書同生命最後的瘋狂欲求，倒還可以原諒。想必一開始許遠文也是這麼打算的，所以趙書同去世以後，他立刻打算把這項『豆腐渣工程』拆掉。然而，接連的投資失敗導致他身價大跌，妻子患癌又加重了他的經濟負擔。為了湊錢給妻子治病，他做出了真正不可饒恕的行為：把不適合住人的七星館，高價賣給了不明真相的祝家。

結果，地震來臨之際，七星館轟然倒塌，速度之快，甚至來不及讓余馥生、秦言婷和黃陽海逃出倒塌範圍。這就是黃陽山痛恨許遠文的原因。弟弟不明不白地在沒聽說過的宅子裡死去，為了調查真相，他花費了多年時間。他查到那座宅邸的名字叫七星館，建造人是趙書同和許遠文；為了追查許遠文，他又跟到浙江，潛伏在許遠文身邊，最終用某種辦法偷走了許遠文藏在身邊的手記。

那份手記，還有隨身碟，當然都是許遠文從七星館的廢墟裡找到的。根據邱亞聰的說法，二〇〇八年的時候，許遠文經常為投資的事情出差。汶川地震發生時，他很可能就在四川。不，既然他持有余馥生的隨身碟，那他二〇〇八年就一定身在四川，是汶川地震的親歷者之一。身為施工負責人，他立即想到了自己修建的七星館。一想到那裡面現在很可能住著人，而建築倒塌之後，安全問題也都會暴露出來，他就如坐針氈。他利用自己的人脈，第一時間跟隨救援隊來到七星館，在廢墟中看到了黃陽海的手記和余馥生的隨身碟。他擔心那裡面記載了七星館的坍塌經過，於是趁亂把這兩件東西偷走了。

好在許遠文最後還是沒有被追究責任，我猜這可能是因為祝家的其他人也沒能在地震中倖存下來。手記和隨身碟後來被許遠文帶回浙江，最後被黃陽山竊走。黃陽山把兩份記錄結合起來，弄清了一切真相，也被弟弟最後給自己的留言所打動。弟弟直到最後還在等待自己的原諒，自己卻來遲了整整六年。那一刻，他下定決心，要為弟弟復仇。

這就是對問題三、問題四和問題五的解答。」

「但是，許遠文是在密室裡墜樓的，當時沒有人可以上樓，許遠文從四樓墜落，黃陽山則在三樓。他是如何殺害許遠文的呢？」

「我想他當時還沒有準備動手殺害許遠文——雖然他確實希望向許遠文復仇，但還沒有下定殺人的決心。所以，他先是用各種方式恐嚇許遠文。他先在弟弟的手記裡製作血手印，這一招直接把許遠文嚇回了福建。等他重新返回浙江時，他又在余馥生的記錄結尾加上了一段警告。這些事件讓許遠文心神不寧。最後，他決定以許遠文最害怕的事情嚇唬他，就是地震。

你聽說過『震樓器』嗎？那是一種經過改裝的振動馬達，安在天花板上，啟動後，機器內部的馬達就會帶動敲擊錘快速撞擊天花板，從而使上一層的住戶聽到雜訊，產生震感。從二〇一五年開始，網路上就出現了許多以販賣『震樓器』為生的店家，買家多用來解決鄰里矛盾。當然了，這種東西只能製造更大的矛盾。可惜網路世界就是新時代最大的教唆犯，放大了太多人心中的戾氣。直到今天，『震樓器』依然是熱銷商品，在百度上很容易就能找到。

黃陽山自己是建築工人，本來就有接觸振動馬達的機會，他從中受到啟發，自己改裝了一臺類似的裝置。那天中午，他確定許遠文上樓休息之後，就在樓下的房間裡安裝了自製的機器，啟動。你遇到的那位KTV員工說，他那天戴著耳機在聽歌，對吧？所以他沒有注意到機器啟動產生的異響。但許遠文就不一樣了，正在閉目養神的他被突如其來的震動和雜訊嚇醒。身為汶川地震的親歷者，自己又蓋過因地震倒塌的房屋，許遠文當時一定是萬分驚恐的。他有很嚴重的心理陰影，對自己蓋的房子無法信任。往樓下逃跑嗎？但他身在四樓，根本來不及逃出去。警方事後不是發現，現場有一段大跨步的腳印通向窗臺嗎？那不僅說明許遠文的目的性很明確，還說明他當時非常著急，動作非常快。在糊塗之中，他選擇了最糟的做法，從四樓一躍而下。

發現出事，黃陽山趕緊收起了馬達。後來警方調查的過程中，很可能把馬達當成了施工用品，沒有深入追究。就這樣，黃陽山殺害了許遠文，完成了自己的復仇。這就是對問題六的解答，從某種意義上來說，許遠文也是地震的受害者。」

「是嗎？他只是為了逃命而已吧。在他的心中，真的懺悔過自己的所作所為嗎？」

「我想多少是有的，證據就是那起『幽靈』事件。許遠文墜樓發生在二〇一五年五月二十日，幽靈小孩潛入工地則發生在一周前的午後。我認為，那起事件就發生在五月十二日的午後，兩點半左右。當時，在現場的只有許遠文和黃陽山兩個人，兩個人都是汶川大地震的親歷者與倖存者。兩個人都沒有看到小孩潛入工地，說明他們當時都在做同一件事，一件會導致他們看不見周圍情況的事情。」

「啊……」白越隙懂了。「他們在低頭默哀。」

「是的，他們在為七年前的那場災難中遭受痛苦的同胞們閉目默哀，而剛好就在那個時候，小孩子闖入了工地，沒有被他們發現。這就是對問題七的解答。」

至此，發生在許遠文與黃陽山之間的謎團，全都有了解答。

每一個解答，都和那場災難有關。

「我算是明白了。」白越隙歎了一口氣。「的確如你所說，一切都是因地震而起。但是七星館的事件又是怎麼回事呢？那些殺人案也是由地震引起的嗎？」

「是的。就是地震引起的，或者說，如果不是地震，就不會發生七星館裡的殺人案。」

「怎麼講？」

「你的第八個問題是七星館裡的比擬殺人究竟有何意義，我的回答是沒有意義。或者說，凶手並不是為了殺人而比擬，而是為了比擬而殺人。回想一下發現屍體那天早上的情形吧：最開始，林夢夕和祝嵩楠的屍體上是沒有掛畫的。直到他們吃午飯的時候，掛畫才出現。也就是說，凶手是在屍體被發現以後，才偷竊掛畫來進行比擬的。他為什麼不在前一天晚上來做這些事，而非得等到大家都清醒的白天再出手偷畫呢？因為前兩具屍體並不是他布置的，或者說，他沒有料到這兩具屍體會以這種形式被人發現。

回顧一下林夢夕的屍體狀況吧。她被平放在地上，四肢向四個方向舒展，周圍被擺了一圈木板。根據齊安民的說法，那些木板本來就是前一天堆放在屋後的。事實上，根據余馥生畫下的圖片，那些木板擺放得歪歪扭扭，甚至不像個圓。如果沒有後來加上的『八陣圖』掛畫，他們未必能把那個現場和『八陣圖』聯繫起來。第二個死去的祝嵩楠，也只是單純被燒死，和『七擒孟獲』關係不大。反觀凶手後來的比擬，不管是『空城計』還是『扮鬼割麥』，都是非常逼真形象的，唯獨前兩起案件如此草率。那是因為這兩起案件中的比擬並不是凶手有意布置的。

在所有人中，最早死亡的林夢夕和祝嵩楠，這兩個人的死因都非常像意外。那是因為，這兩件事都真的是意外。那天晚上，林夢夕在酒桌上失言了，這讓祝嵩楠想起了自己姊姊的事情。他對林夢夕產生了懷疑，所以在散場後找到林夢夕，逼問她當年的真相是什麼。林夢夕是個脆弱的人，在逼問之下坦白了自己的罪孽。失去理智的祝嵩楠，在衝動之下將她推倒，撞到了頭，失手將她殺害了。慌亂之際，祝嵩楠想起屋後的木頭堆，想到利用木頭堆來隱藏屍體。他把林夢夕的屍體拖到屋後，再把木板一片一片疊在屍體上，直到大致看不出屍體的存在為止。

但是，當天晚上，和黃陽海遭遇的情況一致——七星館附近的地下，也發生了地面隆起的現象。恰好就是林夢夕所在的地面，因為地下土塊的擠壓而隆起，將林夢夕的屍體向上頂起。於是，好不容易疊起來的木板被頂歪了，最終紛紛滑落到地面上。因為地面是拱起的，滑落的木板也會圍繞著拱起的圓形散落，拼成類似圓形的形狀；而林夢夕的屍體也因此變成四肢朝四個方向舒展的模樣。第二天早上，隆起的地面已經恢復原狀，呈現在人們眼前的就只有屍體和那些木板了。

再說祝嵩楠的情況。他第一次失手殺人，雖然暫時冷靜下來處理掉了屍體，內心終究無法平靜下來，最終到了失去理智、決定開車逃跑的地步。不擅長認路的他，確認自己走的這條路不會經過水池以後，就發動麵包車直衝下山。不幸的是，那天晚上又發生了一起意外。秦言婷曾經說過，那片水池是連著地下水的。在地底運動的作用下，那天晚上，水池也和黃陽海遇到的小溪一樣，暫時乾涸了！祝嵩楠看到地面上沒有水，而館之間的構造又和對稱的另一頭相似——正如鐘智宸的推理——於是他錯以為自己走的是下山的路。他一心逃跑，毫不猶豫地加大油門，結果車毀人亡。

第二天早上，所有人都發現了這兩具屍體。但有一個人的心情和其他人不一樣。他看見林夢夕的屍體，立刻知道這不是凶手擺放的，於是才會偷走掛畫，擺到林夢夕的屍體上，讓人們聯想到『八陣圖』。他為什麼知道林夢夕的屍體不是凶手刻意擺放的？因為他就是處理林夢夕屍體的人，或者說，處理林夢夕屍體的人之一。祝嵩楠不是一個人去逼問林夢夕的，他還帶了一個自己信得過的人，失手殺害林夢夕之後，也是兩個人一起處理的屍體。但事後祝嵩楠實在太害怕，還是丟下同伴，開車逃走了，結果遭遇不測。看到這一幕，這名同伴不知道林夢夕的屍體為什麼會變成這樣，也不知道祝嵩楠為什麼會走錯下山的路，但他卻從兩具屍體的狀況中，聯想到了前一天見到的掛畫——這是上天的旨意！兩個人的死狀，在冥冥之中變成了與諸葛亮經歷過的事蹟相同的狀態。在他看來，這一定是祝嵩楠為姊姊報仇的決心，感動了棲息在七星館裡的神靈。於是，他決定繼續完成這個比擬，用剩下的掛畫裡的故事，來謀殺祝嵩楠的另外兩個仇人：鐘智宸和周倩。

奚以沫的推理也是在這裡出了錯。他認定祝嵩楠是被一個不知道水池可以充當路標的人殺害的，便把嫌疑鎖定在莊凱和秦言婷之間，卻不知道祝嵩楠是意外死亡的。這就是對問題八和問題十的解答。」

「那麼他這個同伴是誰呢？」

「只能確定，他是一個祝嵩楠信任的人，但僅憑余馥生的手記，沒辦法確定誰和祝嵩楠最親近。我們暫時就稱他為凶手吧。只要回答剩下的問題，他的身分就呼之欲出了。

問題十一：莊凱是如何從密室裡消失的？問題十二：被殺害的齊安民在沒有腦袋的情況下奔跑，是怎麼回事？問題十三：奚以沫是如何在那麼高的地方上吊的？這三件事都發生在五月十二日下午，也就是地震發生的時候。那時，余馥生被人撞了腦袋，幾乎快昏過去，硬撐著見證了接下來發生的詭異現象。對，那個時候地震已經開始了，但是意識模糊的余馥生沒有很好地理解這一點。他早就說過自己是個對震動感覺遲鈍的人，在發現齊安民屍體的那段時間裡，他也說自己身體在不由自主地顫抖——那都是因為地震已經開始了。當然，最後被埋在廢墟下的時候，他一定已經明白過來了。他應該寫下了明確指出七星館已經倒塌的字句，但是被心裡有鬼的許遠文刪除了，所以黃陽山才會說：『你以為你刪掉自己犯下的罪行，就能高枕無憂了嗎？』

我先解釋最簡單的問題十三。奚以沫被殺，對凶手來說一定是個意外，因為他已經把所有的掛畫都放在了周倩被殺的現場，說明他本來就打算在殺死周倩之後收手。但是，奚以沫卻看穿了他的身分。從余馥生的記錄裡不難看出，奚以沫並不是那種通常意義上的好人，他做事隨性，不考慮別人的看法，喜歡挑釁他人。」

「說得對。」

白越隙意味深長地看著謬爾德。

「雖然只是我的猜測，但我想，奚以沫其實沒有那麼笨，他應該早就推理出真相了吧！他不是在鐘智宸被殺的時候就已經指出，凶手犯下前兩起案件是沒有計劃性的嗎？我想，他就算沒有看出祝嵩楠之死是意外，也應該意識到所有案件並非同一個凶手所為。但他還是利用祝嵩楠案的線索將莊凱推理成凶手。這或許是因為他和莊凱有什麼私仇，又或許是單純為了好玩……總之，他沒有揭發真正的凶手。在莊凱被關起來之後，他很可能主動找到真凶，對他說了什麼話——是勒索，還是挑釁？事到如今已經沒辦法知道了。只是他沒想到凶手如此凶悍，直接冒著被發現的巨大風險，當場殺死了他。

殺完奚以沫之後，凶手陷入焦慮。好不容易在機緣巧合之下讓莊凱當了替罪羊，事到如今，必須讓奚以沫的死有個理由。於是，他簡單寫下一封遺書，讓人們以為奚以沫是真正的凶手，在玩膩了之後自己上吊自殺。

沒錯，奚以沫是被偽裝成上吊自殺的，而且地點應該就在余馥生發現假遺書的窗戶邊。只有遺書沒有屍體，這本來就很奇怪。原本奚以沫的屍體是被凶手吊在窗邊的，但地震開始之後，七星館發生了劇烈的晃動，吊在視窗的奚以沫隨著繩子晃動開始左右搖擺，搖擺的幅度越來越大，越來越大……最終，繩子斷開，奚以沫的屍體被從窗口甩了出去，掛在另一座館的屋頂上，看上去就像從煙囪上吊下來似的。這就是對問題十三的解答。

但這就揭示了另一個事實。奚以沫死的時候，舌頭吐出，而且被咬破了，這是為什麼呢？真正上吊自殺的人嘴裡是不會出血的，電視劇那樣拍，往往是為了增加視覺衝擊力。奚以沫是自己咬破舌頭的，這算是他在被殺之前留下的死亡訊息吧！他把滿嘴血沫噴到凶手身上，留下無法掩飾的罪證，從而指認凶手。

換言之，沾到奚以沫血液的人就是凶手，而奚以沫的血液是從余馥生發現遺書的樓道開始出現的。沿著血跡追蹤，就能找到凶手——是的，死在血跡盡頭的齊安民，就是殺死鐘智宸、周倩和奚以沫的凶手。

回頭看看，其實能發現非常多的提示。為什麼齊安民的外號是『大哥』？僅僅是因為他看上去很老成嗎？但他的年齡明明是所有人中第二小的，僅僅比祝嵩楠大；而且，從頭到尾，管齊安民叫『大哥』的，除了余馥生，就只有祝嵩楠。海谷詩社的老成員，沒有人叫齊安民『大哥』。余馥生可能是跟著祝嵩楠叫的，那麼祝嵩楠呢？這兩人可能早就認識了。

早在第一天介紹七星館三層有煤爐的時候，祝嵩楠就提到，齊安民可以去那裡吸菸，但齊安民第一次吸菸是在鐘智宸死後，也就是他第一次親手殺人之後——在那之前，社團裡的其他人都不知道齊安民抽菸。鐘智宸他們晒木頭的事情，齊安民自稱是吃晚飯的時候祝嵩楠說出來的，但他明明比余馥生更早退出晚宴，如果余馥生不知道這件事，齊安民又怎麼能知道？說明他其實是在和祝嵩楠一起埋林夢夕的屍體時，才聽說這件事的。齊安民和祝嵩楠，這兩個人很早就是朋友，甚至可能連祝嵩楠的姊姊祝佳侶也是齊安民的朋友，或者某種更為親密的關係。齊安民殺害鐘智宸和周倩，都是為了祝家兄妹。

回過頭來看，整起案件確實可以說是因地震而生。想起姊姊遭遇的祝嵩楠，叫上齊安民幫忙，兩人一起從林夢夕口中問出了當年的真相，之後祝嵩楠或齊安民中的一個人在衝動之下殺害了林夢夕。從祝嵩楠事後獨自逃跑的情況來看，動手的應該是祝嵩楠。

隨後，兩人一起隱藏了屍體。當晚，祝嵩楠因為搞錯方向而在逃跑過程中墜崖，林夢夕的屍體也意外顯露了出來——這都是由地震前的異常現象所引起。

目睹這一切的齊安民，受到了巨大的震撼。從他的視角來看，自己和祝嵩楠一起埋好的屍體，如今不知為何又冒了出來，像某種儀式一樣被木頭環繞在周圍；而祝嵩楠疑似驅車自殺，屍體又剛好讓人聯想到『七擒孟獲』的故事。齊安民把這一切當成了上天的安排。他立刻產生了幫助祝家兄妹殺死剩下兩人的想法，於是偷取掛畫，讓大家把死去的人和諸葛亮的典故聯繫到一起。

但是，真正有計劃地犯下謀殺罪行，是需要很大的勇氣的，所以他猶豫了整整一天。如今，我們無法知道他究竟經過了怎樣的心理鬥爭，但總之，五月十一日，他終於動手，殺害了鐘智宸，再用琴弦詭計布置現場。他可能打算晚些時候再找機會殺害周倩，沒想到她立刻坦白了當年的罪行，打了齊安民一個措手不及。他不得不在周倩被保護起來之前搶著下手，再用煤灰草率地進行『扮鬼』的比擬。那次作案留下了許多破綻，差點被奚以沫將死，所幸他的推理最終走上了岔路——這也是因為他忽略了地震前地下水的變化。

殺完周倩，齊安民的行動就到此為止了。他當初偷走所有掛畫，只是不想讓人一眼就看出他打算殺幾個人而已。可沒想到奚以沫還是看穿了真相，他只好多殺一人，沒想到被余馥生撞見現場，逼得他倉皇出逃。」

「可是，齊安民也被人砍掉了腦袋啊。」

「那是整件事情裡最不可思議的一部分。齊安民剛剛布置好奚以沫的屍體，余馥生就上樓了，情急之下他撞開余馥生，不顧一切地逃出天權館。當然，也可能是因為他察覺到了地震，正在逃命。然而，前面早就說過，七星館本身就是用各種零件拼成的、積木一樣的危房。許遠文用半年多的時間生產零件，直到被趙書同催促之後，才匆忙進行後面的裝配工作。所以，在地震的摧殘之下，這些零件的連接處很快就發生了崩塌，但零件本身倒是不那麼容易壞掉。於是，它們會一塊一塊地掉落下來。

最先崩塌的就是煙囪。天權館的煙囪，恰好是在大門正上方的位置。那根煙囪與館的連接處發生了鬆動，於是，煙囪在空中劃過一道半圓——」

白越隙想起了黃陽海的手記：上課時舉起的手，就像一把鍘刀……

「煙囪長約五米，三層樓是六米多高吧，兩者相減，差不多就到一個人脖子的高度。齊安民剛剛逃出館門，沒有防備，被煙囪頂部那塊薄薄的擋風板切中了脖子。」

「他就這樣不明不白地死去了。但是，更離奇的事情還在後面。就在煙囪倒下的同一時間，天權館內部也發生了異變。余馥生的記錄裡也寫過，館內的天花板是連成一片、沒有縫隙的——所以在地震發生之後，天花板和地板並沒有馬上開裂。但是，它們當初畢竟是匆匆拼裝起來的，地板和牆壁之間的連接處，強度就要弱得多了。所以，天權館發生了非常罕見的現象，主展廳的天花板竟然整塊掉下來了！

雖然展廳裡有承重柱，但估計和另一邊的空心柱子差不多，都是劣質材料，這會兒大概都直接倒塌了。於是，天花板暢通無阻地墜落下來。此時，牆壁和天花板各自保持完整，僅僅是天花板自己在往下掉。三層為了在燃燒煤炭的時候更加安全，氣密性做得很好，而二層的主展廳也為了保護展品而沒有開窗。這就導致，三層的通風室、二層的展廳、兩者之間的地板，它們組成了一個整體。在地板瞬間墜落的過程中，這個整體就像抽血時使用的針筒一樣，內部空間突然增大，而氣體總量卻沒有發生變化。也就是說，在內部，瞬間形成了一個低氣壓環境。」

白越隙想起邱亞聰開過的「低壓救護車」。

「而這個整體內唯一和外界相連通的部分，就是剛剛轉了九十度的那根煙囪。為了平衡氣壓，那根煙囪口在瞬間產生了吸力。人類的頭顱品質大約是五千克，假設煙囪口的橫截面積在九百平方釐米吧，那麼只需要在一瞬間產生大於五百六十帕斯卡的壓強差，就足以將人頭吸進煙囪裡。這並不困難，大約就是給輪胎充氣的程度。

齊安民的頭顱被吸進煙囪裡，順著煙囪掉進室內。這個時候，因為天花板崩塌，二層和三層之間已經沒有界限了，所以頭顱直接跟著天花板一起掉在了二層。因為三層的各種設備都是固定在牆壁上的，不會跟著天花板墜落，所以余馥生打開門的時候，在混亂中沒有察覺到變化。他一開始打不開門，是因為掉下來的天花板比原本的地板略高，卡住了門；用力之後就能撞開門，則是因為地震使得門的連接處變得不牢固了。」

「那麼莊凱……」

「他被沉重的鐵鍊纏住，根本沒辦法逃生，可能當場就被天花板壓住遇難了吧。這或許是他做出變態行為的報應，雖然罪不至死……」

「余馥生看見展廳裡流出一攤血，那是莊凱的血嗎？」

「正是。他的血流出門外，和奚以沫臨死前噴出的血混在了一起。所以余馥生以為齊安民是在展廳內被砍頭，然後身體流著血跑了出去；而真相是反過來的，先是殺人之後沾到血的齊安民跑出去，然後才被斬斷頭顱，頭被吸回館內。他們最終還是沒能逃出七星館。這就是對問題十一、十二和十三的解答。」

「我都明白了。問題十四的解答我也知道了，之所以這起大案沒有被任何媒體報導，也是因為地震的影響吧？他們被當成了一般的死難者。」

「是的。失去行蹤的朱小珠，最後很可能也在地震中罹難了。接著，許遠文奪走余馥生的隨身碟，案件的經過便再也不為人知曉。

「至於問題十五和十六，我也都告訴你答案了——凶手就是齊安民，而七星館，也確實在大地震中，從這個世界上消失了。」

謬爾德長長地，吐出一口氣。

一、積木搭建的花園為什麼會成真？——因為地震前發生的異象。

二、「黑洞」卡牌為什麼會反復出現？——因為地震前地下水的異常變化。
三、最後出現的房間在哪裡？黃陽海醒來時，另外兩人又在做什麼？——房間是地震形成的廢墟，另外兩人在地震中保護了黃陽海。
四、「阿海」最後怎麼樣了？——在地震中不幸遇難了。
五、黃陽山和許遠文之間存在什麼恩怨？——許遠文建造的劣質房屋，間接導致黃陽山的弟弟在地震中遇難。
六、許遠文為什麼會在密室裡墜樓？是黃陽山殺害了許遠文嗎？——許遠文因為地震留下的心理創傷，被黃陽山意外殺害。
七、許遠文死前一周遇到的「幽靈」事件是怎麼回事？——因為值班的兩人正為地震默哀。
八、七星館裡發生的比擬殺人案件，其比擬的意義究竟是什麼？——地震前的變化導致兩具屍體呈現出異常的模樣，刺激了凶手進行比擬。
九、余馥生、莊凱和黃陽海都曾看到的紫光是什麼？——是地震前的地光現象。
十、如果殺害祝嵩楠和周倩的不是莊凱，那麼奚以沫的推理錯在哪？——他忽略了地震前地下水的變化。
十一、莊凱是如何從密室裡消失的？——因為地震而遇難。
十二、被殺害的齊安民在沒有腦袋的情況下奔跑，是怎麼回事？——因為地震形成了密室。

十三、奚以沫是如何在那麼高的地方上吊的？——因為被地震晃出館內。

十四、為什麼發生了這麼大的連續殺人案，被害者中不乏權貴子弟，網上卻完全查不到相關報導？——因為他們被當成了地震中的死難者。

十五、七星館裡的殺人凶手到底是誰？——齊安民和祝嵩楠因為地震前的異常現象而堅定了殺意，最終卻又分別死於地震引起的災禍。

十六、七星館最後真的消失了嗎？——是的，它在地震中消失了。

所有的問題，都是起源自同一句話。

所有的問題，至此都得到了解答。

「古時候的人們對大自然有著極大的敬畏之情，他們會將自然界的各種事物視為神明的寄託加以崇拜。《三國演義》裡，曹操就是因為試圖砍伐百年神木給自己的宮殿做梁，觸怒神明，才染上頭痛，直至身死。如今的人類上天入地，古代那些神明都做不到的事情，對我們來說也已經是易如反掌。但在天地之外，又有什麼東西存在呢？」

趙書同為了對抗天命，而建起七星館。

最終，這場瘋狂的夢想，卻在上天的震怒之中轟然倒塌。

良久，兩人沉默地對坐著，仿佛在對那些於天災中逝去的生命致以哀悼。

尾聲　花園積木

十二月到了，新冠肺炎疫情還是沒有結束。

白越隙戴著新買的N95口罩，走在去超市買拖把的路上。

今年冬天格外冷。穿過寂靜的公園，路上已經見不到什麼行人了。南方小城的冬天雖然沒有雪花與枯木，卻依然能讓人感受到一股灰色的氣息。生命在任何地方，都必須面對周而復始的更替。

他裹緊了自己的大衣。十一個月以前，他也曾經像這樣裹緊大衣、戴著口罩，走在冰冷的公園小徑上。那時，澳大利亞燃燒著熊熊大火，東非遍地飛蝗，菲律賓火山爆發，南極洲的氣溫突破了二十攝氏度，長江白鱘被宣布滅絕，新冠肺炎疫情正在肆虐。

現在，新冠肺炎疫情依然肆虐，情況似乎並不比當時好多少，但在這不比當時好多少的情況之下，人類也還在一步步向前邁進。

白越隙最終沒有把整個故事寫下來。他不得不選擇面對近在咫尺的考試。複習備考的日子裡，他時常想起趙書同，這位他未曾謀面的老人。

十七年前，這位老人也和今人一樣，面對著看似永遠不會過去的疫情。

他只有一個念頭：活下去。

人類在無法抗拒的天災面前，能做的，似乎也只有活下去。活下去，堅持下去，傳承下去。然後，在廢墟之上，也許就還會誕生什麼東西——那就像在破敗的花園裡，從堆積的腐料之上，逐漸萌發的樹苗。

他並不覺得趙書同是瘋狂的夢想家。這位老人的一生，就是對「活下去」最好的詮釋。在他所走過的歲月裡，有各種各樣的黑暗。但黑暗是相對於光明的概念，有黑暗，也就有光明；每一段黑暗結束的時候，都是嶄新的光明開始的時候。

白越隙又想起十二年前。那時，他還在讀小學，對世間的劇變一無所知。撐過那一年的人們，將他托舉給了未來。

那一年，人們經歷了暴風雪與大地震。同樣是那一年，北京奧運會圓滿落幕。「神舟七號」飛向了太空。

為了紀念那一年的悲愴與喜悅，那一年的「感動中國」組委會，將二〇〇八年的「感動中國」年度人物，頒發給了戰勝災難的——全體中國人民。

後記

二〇二〇年年底，本該像其他人一樣全力為未來尋出路的我，突然被一個意外產生的想法打動了心弦。那是一個在當時看來天衣無縫的點子，稍加雕琢似乎就能變成一本推理小說。一邊是等待已久的研究生考試，一邊是兩年一屆的島田獎，不管哪邊都是無比誘人，而又頗有希望拿下（當時自以為）的挑戰。最後的解決方式也很樸素：那就兩邊都衝一衝吧。三心二意，雖有落得兩頭空的可能，但要是從一開始就捨棄了一邊，那也算是「一頭空」了。更何況我性子急，一旦被一個想法纏繞住了，總是無法輕易甩掉它，還不如速戰速決。「復旦和島賞，總能上一個吧！」最後我這樣想著，用兩周多的時間完成了這本小說。

從結果上來看，確實是兩頭空了。不過，如果沒有這次兩頭空，我大概就不會那麼快走上社會，最後做起以寫字為生的工作；同樣，這本書大概也就沒辦法這麼快出簡體版，和大家見面了。失之東隅，收之桑榆，雖是隨波逐流的藉口，倒也有幾分快慰。

做為推理小說讀者的時候，我十分喜歡那種在小說結尾「一擊制勝」的快感；但以「一擊」來承載十余萬字，並不容易。只有一個謎團的推理小說，可能會被人詬病「太單調」。但布置多個謎團的推理小說，如果每個謎團都使用全新的一套理論來解釋，又會顯得過於繁雜。用一個切入點，同時解答多處疑惑，就像在《水果忍者》裡一刀揮出了五連擊。這樣的爽快感，每每使我拍案。出於這種對「同一性」的追求，我才找到那個切入點，嘗試將詭計、邏輯、凶手身分、動機等內容收束在這一點，然後一次性爆破。

當然，選擇這個切入點的時候，我也清楚這樣宏大的題材並非我所能駕馭，所以只能一面縮小著眼點，一面盡力表現那些我想要傳達給讀者的個人感受。發生在本土的社會事件，從某種意義上來說，應該更能引起國內讀者的情感共鳴；對我個人而言，更是希望能有一個機會，將自己曾經產生過的感觸記錄下來。不管是二十年前、十年前，還是現在發生的那幾場災難，我們都是它們的見證者。二〇二〇年也是多災多厄的一年，但是在大自然面前，人類應該有能夠堅守住的東西——這大概是我那時最想傳達給讀者的資訊吧。

至於成書效果如何，就並非我所能預計的了；只能說，作為人生第一部長篇處女作，我自認為算是交出了一張自己能接受的答卷。如今有幸出版，若是還能收穫一些來自讀者的批評與建議，就更是感激不盡了。

最後，想特別感謝一下我的好友淩小靈，接受了我無理的共同投稿邀請，為我按時完稿提供了動力，也提出了許多寶貴的修改建議；特別要祝賀他的《隨機死亡》斬獲了那年的島田賞特優獎。感謝我的好友王奧，在構想形成之初便熱心與我探討，同樣提出了許多寶貴的修改建議。感謝為此書出版付出諸多努力的編輯老師們。以及，感謝讀到這裡、給予本書支持的讀者朋友們。

從初中時代開始便嚮往的小說寫作，在快十年後終於開花結果，今後也敢大著膽子，說自己算得上半個小說家了，這實在叫人激動。也希望二十二歲的這本作品，能夠成為屬於我的一個原點。前路漫漫，今後也當戒驕戒躁，繼續耕耘。

期待還能以更好的姿態與大家再會。

白月系

二〇二一年十月十五日

逆思流

積木花園

作者／白月系
執行長／陳君平　榮譽發行人／黃鎮隆
協理／洪琇菁　國際版權／黃令歡、高子甯
總編輯／呂尚燁　美術主編／陳又荻
執行編輯／丁玉霈　企劃宣傳／呂尚燁
出版／城邦文化事業股份有限公司　尖端出版
台北市中山區民生東路二段一四一號十樓
電話：（〇二）二五〇〇七六〇〇　傳真：（〇二）二五〇〇二六八三
E-mail：7novels@mail2.spp.com.tw
發行／英屬蓋曼群島商家庭傳媒股份有限公司城邦分公司
尖端出版　行銷業務部
台北市中山區民生東路二段一四一號十樓
電話：（〇二）二五〇〇—七六〇〇（代表號）
傳真：（〇二）二五〇〇—一九七九
讀者服務信箱：sandy@spp.com.tw
中彰投以北經銷（含宜花東）／楨彥有限公司
電話：（〇二）八九一九—三三六九
傳真：（〇二）八九一四—五五二四
雲嘉經銷／威信圖書有限公司　嘉義公司
電話：（〇五）二三三—三八五二
傳真：（〇五）二三三—三八六三
南部經銷／威信圖書有限公司　高雄公司
電話：（〇七）三七三—〇〇七九
傳真：（〇七）三七三—〇〇八七
香港總經銷／城邦（香港）出版集團有限公司
香港灣仔駱克道193號東超商業中心1樓
電話：（八五二）二五〇八—六二三一
傳真：（八五二）二五七八—九三三七
E-mail：hkcite@biznetvigator.com
馬新經銷／城邦（馬新）出版集團　Cite(M)Sdn.Bhd.
E-mail：Cite@cite.com.my
法律顧問／王子文律師　元禾法律事務所
台北市羅斯福路三段三十七號十五樓
二〇二三年十一月一版一刷

郵購注意事項：
1. 填妥劃撥單資料：帳號：50003021戶名：英屬蓋曼群島商家庭傳媒（股）公司城邦分公司。2. 通信欄內註明訂購書名與冊數。3. 劃撥金額低於500元，請加附掛號郵資50元。如劃撥日起 10～14日，仍未收到書時，請洽劃撥組。劃撥專線TEL：(03) 312-4212 ・ FAX：(03) 322-4621。 E-mail：marketing@spp.com.tw

國家圖書館出版品預行編目資料

積木花園 / 白月系 作 ;　　--1版.
--臺北市：尖端出版, 2023.11
面 ; 公分. --(逆思流)
譯自:
ISBN 978-626-377-012-6(平裝)

857.81　　112012233